青少年修身养性故事书系：

每天给自己一个希望

MEITIAN GEI ZIJI YIGE XIWANG

——阳光心态、习惯培养的故事

王定功　主编

时代出版传媒股份有限公司
安徽文艺出版社

图书在版编目(CIP)数据

每天给自己一个希望——阳光心态、习惯培养的故事 / 王定功主编.
—合肥 : 安徽文艺出版社, 2014.4
（青少年修身养性故事书系）
ISBN 978-7-5396-4873-6

Ⅰ.①每… Ⅱ.①王… Ⅲ.①故事－作品集－世界 Ⅳ.①I14

中国版本图书馆 CIP 数据核字(2014)第 044394 号

出 版 人 : 朱寒冬
责任编辑 : 王婧婧　　装帧设计 : 张晓娟　闻 艺
┈┈┈┈┈┈┈┈┈┈┈┈┈┈┈┈┈┈┈┈┈┈┈┈┈┈┈┈┈┈┈
出版发行 : 时代出版传媒股份有限公司　www.press-mart.com
安徽文艺出版社　www.awpub.com
地　　　址 : 合肥市翡翠路 1118 号　邮政编码 : 230071
印　　　制 : 合肥瑞丰印务有限公司
┈┈┈┈┈┈┈┈┈┈┈┈┈┈┈┈┈┈┈┈┈┈┈┈┈┈┈┈┈┈┈
开　　　本 : 710×1010　1/16　印张 : 15.75　字数 : 360 千字
版　　　次 : 2014 年 4 月第 1 版　2023 年 1 月第 2 次印刷
定　　　价 : 45.00 元
┈┈┈┈┈┈┈┈┈┈┈┈┈┈┈┈┈┈┈┈┈┈┈┈┈┈┈┈┈┈┈

目 录

永远的坐票

有一个人经常出差，经常买不到对号入座的车票。可是无论长途短途，无论车上多挤，他总能找到座位。

他的办法其实很简单，就是耐心地一节车厢一节车厢找过去。这个办法听上去似乎并不高明，但却很管用。每次，他都做好了从第一节车厢走到最后一节车厢的准备，可是每次他都用不着走到最后就会发现空位。他说，这是因为像他这样锲而不舍找座位的乘客实在不多。经常是在他落座的车厢里尚余若干座位，而在其他车厢的过道和车厢接头处，居然人满为患。

他说，大多数乘客轻易就被一两节车厢拥挤的表面现象迷惑了，不大细想在数十次停车之中，从火车十几个车门上上下下的流动中蕴藏着不少提供座位的机遇；即使想到了，他们也没有那一份寻找的耐心。眼前一方小小立足之地很容易让大多数人满足，为了一两个座位背负着行囊挤来挤去有些人也觉得不值。他们还担心万一找不到座位，回头连个好好站着的地方也没有了。与生活中一些安于现状不思进取害怕失败的人，永远只能滞留在没有成功的起点上一样，这些不愿主动找座位的乘客大多只能在上车时最初的落脚之处一直站到下车。

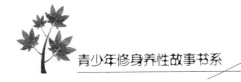
女人的自负

对于女性的美丽而言,重新认识一下"自负"这个词非常有益,它可以使人坚信,美是自身固有的品质。有人说自负就是把自己看得太高。根据这种解释,如果要避免自负,就必须对自己形象有个"准确"的描述。依靠什么作为描述的标准呢?难道根据世人的眼光来评价自己的外貌是否真的美吗?难道要凭借别人的口味来了解自己完美的程度吗?显然,这是不可能的,也是不应该的。为了自己具有美感,女性应该是自负的。

索菲娅·罗兰在开始演员生涯时,曾有个绰号叫"长颈鹿"。她说,"我的个子太高,而且不协调","没有谁认为我有什么特殊美的地方,但所有的人却都知道我很高傲。起初人们只是对信心产生印象,逐渐的,他们认为这就是美"。索菲娅还举了这样一个相反的例子,"我有位女友,她总是太忌自己的身高,以至她给人的印象总想躲起来才好。尽管她很漂亮,但却没有机会显示自己的魅力"。因为缺少自负,女性在追求美的过程中可能会走很多弯路。如果对自己的相貌毫无信心,则势必成为某些百货商或美发师、化妆师们怜悯的对象。他们所提出来的,只能是些关于如何打扮得所谓"时髦"的建议。而这些建议一般来说都只是表面的。人们经常可以见到,有些女性时常随着潮流在变换自己的美,但结果却总是弄巧成拙。所有的女性都需要有一种自负感,不追时髦,不盲目模仿他人,努力表现自己的独特的美。

猴子

　　《庄子·徐无鬼》有这样一则寓言：春秋时期，吴王在江上乘舟游览，登上岸边一座猴山，众猴见了吴王一行人，仓皇而逃，钻进荆棘深处。有一只猴子，不慌不忙，从容自在地抓抓挠挠；并且在吴王一行人面前卖乖弄巧。吴王拔箭射它，它敏捷地抓住射来的飞箭。吴王命令随行人员迫近围射它，这只猴子被射而死亡。吴王转身对他的朋友颜不疑说："这只猴子夸耀自己的乖巧，依仗它的熟练技艺，用以来向人卖弄、倨傲，因此才招致这个下场。我们人类应以此为戒呀!"

真正的勇气

三名海军将领谈论起什么是真正的勇气。德国将军说:"我告诉你们什么是勇气。"说完他招来一名水手。"你看见那根 100 米高的旗杆子吗?我希望你爬到顶端,举手敬礼,然后跳下来!"

德国水手立即跑到旗杆前,迅速爬到顶上,漂亮地敬了个礼,然后跳下来。"嗬,真出色!"美国将军称赞说。他对一名美国水兵命令道:"看见那根 200 米高的旗杆了吗?我要你爬到顶,敬礼两次,然后跳下来。"美国水兵非常出色地执行了命令。"啊,先生们,这真是一次令人难忘的表演。"英国将军说:"但我现在要告诉你们,我们皇家海军对勇气的理解。"他命令一名水手:"我要你攀上那根高 300 米的旗杆顶端,敬礼三次,然后跳下来。""什么?要我去干这种事?先生你一定神经错乱了!"英国水手瞪大眼睛叫了起来。"瞧,先生们,"英国将军得意地说,"这才是真正的勇气。"

《草叶集》的出版

1842年3月，在百老汇的社会图书馆里，著名作家爱默生的演讲激动了年轻的惠特曼："谁说我们美国没有自己的诗篇呢？我们的诗人文豪就在这儿呢!……"这位身材高大的当代大文豪的一席慷慨激昂、振奋人心的讲话使台下的惠特曼激动不已，热血在他的胸中沸腾，他浑身升腾起一股力量和无比坚定的信念，他要渗入各个领域、各个阶层、各种生活方式。他要倾听大地的、人民的、民族的心声，去创作新的不同凡响的诗篇。

1854年，惠特曼的《草叶集》问世了。这本诗集热情奔放，冲破了传统格律的束缚，用新的形式表达了民主思想和对种族、民族和社会压迫的强烈抗议。它对美国和欧洲诗歌的发展起了巨大的影响。

《草叶集》的出版使远在康科德的爱默生激动不已。诞生了!国人期待已久的美国诗人在眼前诞生了，他给予这些诗以极高的评价，称这些诗是"属于美国的诗"，"是奇妙的"、"有着无法形容的魔力"，"有可怕的眼睛和水牛的精神"。

《草叶集》受到爱默生这样很有声誉的作家的褒扬，使得一些本来把它评价得一无是处的报刊马上换了口气，温和了起来。但是惠特曼那创新的写法，不押韵的格式，新颖的思想内容，并非那么容易被大众所接受，他的《草叶集》并未因爱默生的赞扬而畅销。然而，惠特曼却从中增添了信心和勇气。1855年底，他印起了第二版，在这版中他又加进了二十首新诗。

1860年，当惠特曼决定印行第三版《草叶集》，并将补进些新作时，爱默生竭力劝阻惠特曼取消其中几首刻画"性"的诗歌，否则第三版将不会畅销。惠特曼却不以为然地对爱默生说："那么删后还会是这么好的书

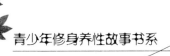

么?"爱默生反驳说:"我没说'还'是本好书,我说删了就是本好书!"执着的惠特曼仍是不肯让步,他对爱默生表示:"在我灵魂深处,我的意念是不服从任何的束缚,而是走自己的路。《草叶集》是不会被删改的,任由它自己繁荣和枯萎吧!"他又说:"世上最脏的书就是被删灭过的书,删减意味着道歉、投降……"

第三版《草叶集》出版并获得了巨大的成功。不久,它便跨越了国界,传到英格兰,传到世界许多地方。

试试别说

有位做母亲的苦啊,苦于与她那上小学的儿子不能沟通。她苦口婆心地与他谈、谈、谈,却总是没有效果。这一天儿子在学校又惹了事,这一天母亲却突发喉炎失了音,当她拉着孩子的手与他面对面坐下时,她急啊、气啊,可不能说一句话,只是紧紧地将孩子的手握在手心,很久。第二天儿子对母亲说:妈妈,你昨天什么都没说,但我全明白了。

出乎意料的效果,叫母亲热泪盈眶。

同样出人意料的是:某电视台拍一个有关军队的专题片,那解说词几经修改都不尽如人意,好不容易才定稿。播出那日,荧屏上军人方阵变换队形行进时,不知什么缘故,录制好的充满激情的解说词没出来,只剩下"嚓嚓"的脚步声,它是如此统一而坚实;如同地平线上走过来一个巨人,当即受到专家与观众的赞扬:怎么想出来的,绝了!可要是那位母亲没有失音,要是电视音频不出故障,他们肯不说吗?事实上,没有人会认为自己说得不好,所以都在说个不休。

肯定自己

今天这个时代与30年前完全不同了! 农业时代靠口传心授得到知识，勤学苦练得到技术。但是现在科技通讯发达，你就算完全没有知识，也可以获得足够的资讯；即便毫无技术，也有适当的机械供你使用，所以人们可以在完全不用摸索的情况下，就找到捷径，获得成功。

换句话说，那等着由错误中摸索的人，则必然要遭到落后和失败的命运!由此可知，"自我妥协"实在是人类的天性。但你也知道，如果无法战胜天性，我们就很难取得过人的成就。我常说："一个男人如果不知道什么时候，把自己从女人身边拉开；一个女人如果不知道什么时候，把自己孩子从身边拉开，他们就很难出头。"

他必然是掌握了每个小小的契机，把它发挥成大的巧合，而结成缘。要知道会结缘的人，即使在路边看商店橱窗，都能与其他看橱窗的人开口寒暄——有共同的注意点，就是一种缘!

侥幸的几率

一家高级轿车代理商的总经理,决定从两位业务主管当中选出一位来接替他的位子。于是他找来两位候选人,说出他的目的后,布置一项任务,来评估谁会比较合适成为他的继承者。

老总布置的任务很简单,他说德国原厂 50 辆最新款的轿车就要运抵,他想给这两位业务主管三个月的时间,看谁卖得最多,谁就是新的总经理。

只是老总特别向他们强调一点,原厂告知,这款车有一个电子零件有瑕疵,瑕疵现象的发生几率只有 50%,但因为这个瑕疵不会影响到行车及安全性,所以原厂没有计划主动召回车子。但是若瑕疵现象真的发生了,则零件要等三个月后,才能运抵并帮客人换修。

两位候选人都相当有信心,因为根据销售记录,他们两人都具有在三个月内卖掉 30 辆车的实力。

但最后的销售状况却出现很大的落差,因为在三个月竞赛期满的时候,其中一个业务主管卖出了 49 辆,但另外一位却一辆也没卖出。

老总对这样的结果感到很纳闷,他调出过去三个月来这两位竞争者的销售日报表,他惊讶地发现,两人的来客数及试车数不相上下,但销售量却大相径庭。好奇的老总于是央请一位朋友乔装成顾客,分别向这两位候选人买车。

经过详细的介绍,并且煞有介事的试驾这款新车后,老总的朋友很满意地向那位已卖出四十九辆的业务主管说:"请问最快何时可以交车?""可以立刻交车。"老总的朋友回答说两天内决定。

第二天，老总的朋友向另一位没卖一辆的业务主管试车后，问："请问最快何时可以交车？""三个月。""为何要这么久？""因为此款车进量有限，我的配额刚好卖完，若您急着要车，我可以介绍您向我的同事购买，他还有最后一辆！"

老总在听完朋友的叙述后，好奇地找来那位落败的主管，问他为何要将客户往竞争对手那里推。"听说，在卖出去的49辆中，有30辆是你介绍的。为什么要这样做？"这位主管说："从员工的角度，我有达成销售的责任，因此不能停止销售这50辆车；但从自己的角度，我无法卖一辆事先知道有瑕疵、却没有零件可以更换的车子给客人，这跟我自己的原则抵触。所以在向客人介绍时，我都如实告知此瑕疵。虽然造成最后别人卖得比我多，但如果他被您选为总经理，就表示您比较在乎业绩，比较不在乎诚信。从职场生涯角度看，我也应该不合适这样的企业文化。"

就在这个时候，那位卖了49辆车的业务主管走进办公室，脸色不大好看地拿一张文件给老总，说这是德国原厂发的电子邮件，上面写着："25件备品要再延30天才能交货。"

这位业务主管不安地对老总说："又要延30天，我有好多客户吵着要退车！"老总问："有几位？"业务主管说："25位。"

25位刚好是50辆的一半，有趣的50%侥幸几率，逃都逃不掉，50%的零件瑕疵率全部都出现了。

我们都知道，你若投100次的硬币，正反面的几率各是50%。换句话说，谁都无法左右侥幸的几率，因为它最多只有50%，但剩下的50%却是你可以100%做主。

在这个故事中，卖出车的业务主管选择50%的侥幸几率，没卖出车的业务主管没有选择侥幸几率。如果你是要买车的顾客，你会跟谁买车？如果你是老总，你会选谁当总经理？可以确定的是，没有谁愿意被那50%的侥幸几率击中！

你想要的轿车

在每位法律系学生上的第一堂课里,教授会告诉他们:"当你盘问证人席的嫌犯时,不要问事先不知道答案的问题。"

相同的训诫也可以用在销售上。辩护律师如果不事先知道答案就盘问证人,会为他自己惹来很多麻烦,同样的情形也会发生在你身上。

绝对不要问只有"是"与"否"两个答案的问题,除非你十分肯定答案是"是"。

例如,我不会问客户:"你想买双门轿车吗?"我会说:"你想要双门还是四门轿车?"

如果你用后面这种二选一的问题,你的客户就无法拒绝你。相反的,如果你用前面的问法,客户很可能会对你说:"不。"下面有几个二选一的问题:"你比较喜欢三月一号还是三月八号交货?"

"发票要寄给你还是你的秘书?"

"你要用信用卡还是现金付账?"

"你要红色还是蓝色的汽车?"

"你要用货运还是空运的?"

你可以看见,在上述问题中,无论客户选择哪个答案,业务员都可以顺利做成一笔生意。你可以站在客户的立场来想这些问题。如果你告诉业务员你想要蓝色的车子,你会开票付款,你希望三月八日请货运送到你家之后,就很难开口说:"噢,我没说我今天就要买。我得考虑一下。"

因为一旦你回答了上面的问题,就表示你真的要买。就像辩护律师问:

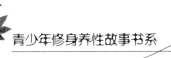

"你已经停止打老婆了吗？"这问题带有明显的假设(请注意,这问题不是："你有没有打老婆?")。证人席的嫌犯如果回答了上面的问题,等于自动认罪。

养成经常这样说的好习惯："难道你不同意……"。

例如："难道你不同意这是一部漂亮的车子,客户先生?""难道你不同意这块地可以看到壮观的海景,客户先生?""难道你不同意你试穿的这件貂皮大衣非常暖和,客户女士?""难道你不同意这价钱表示它有特优的价值,先生?"此外,当客户赞同你的意见时,也会衍生出肯定的回应。

我认为推销给两个或更多人时,如果能问些需客户同意的问题,将会特别有效。举例来说,当某家的先生、太太和十二个小孩共乘一辆车子上街买东西时,我会问这位太太："遥控锁是不是最适合你家?"她通常会同意我的看法。

接着我会继续说："我打赌你也喜欢四门车。"因为他们是个大家庭,我知道他们只能考虑四门车。她会说："哦,是的,我只会买四门车。"在一连串批评车子的性能之后,这位先生猜想他太太有意买车,因为她对我的看法一直表示赞同。

正因如此,到了要成交的时候,我已经排除先生得征求太太意见的这项因素。然后,我会说服他答应,他们彼此都认为对方想买这辆车,没有必要再召开家庭会议讨论,我也得到这张订单了。

安然的总裁

一个城里男孩 kenny 移居到了乡下，从一个农民那里花 100 美元买了一头驴，这个农民同意第二天把驴带来给他。

第二天农民来找 kenny，说："对不起，小伙子，我有一个坏消息要告诉你，那头驴死了。"

kenny 回答："好吧，你把钱还给我就行了！"

农民说："不行，我不能把钱还给你，我已经把钱给花掉了。"

kenny 说："OK，那么就把那头死驴给我吧！"

农民很纳闷："你要那头死驴干吗？"

kenny 说："我可以用那头死驴作为幸运抽奖的奖品。"

农民叫了起来："你不可能把一头死驴作为抽奖奖品，没有人会要它的。"

kenny 回答："别担心，看我的。我不告诉任何人这头驴是死的就行了！"

几个月以后，农民遇到了 kenny。

农民问他："那头死驴后来怎么样了？"

kenny："我举办了一次幸运抽奖，并把那头驴作为奖品，我卖出了 500 张票，每张 2 块钱，就这样我赚了 998 块钱！"

农民好奇地问："难道没有人对此表示不满？"

kenny 回答："只有那个中奖的人表示不满，所以我把他买票的钱还给了他！"

许多年后，长大了的 kenny 成为了安然公司的总裁。

责任感创造奇迹

几年前,美国著名心理学博士艾尔森对世界 100 名各个领域中杰出人士做了问卷调查,结果让他十分惊讶——其中 61 名杰出人士承认,他们所从事的职业,并不是他们内心最喜欢做的,至少不是他们心目中最理想的。

这些杰出人士竟然在并非自己喜欢的领域里取得了那样辉煌的业绩,除了聪颖和勤奋之外,究竟靠的是什么呢?

带着这样的疑问,艾尔森博士又走访了多位商界英才。其中纽约证券公司的金领丽人苏珊的经历,为他寻找满意的答案提供了有益的启示。

苏珊出身于中国台北的一个音乐世家,她从小就受到了很好的音乐启蒙教育,非常喜欢音乐,期望自己的一生能够驰骋在音乐的广阔天地,但她阴差阳错地考进了大学的工商管理系。一向认真的她,尽管不喜欢这一专业,可还是学得格外刻苦,每学期各科成绩均是优异。毕业时被保送到美国麻省理工学院,攻读当时许多学生可望而不可即的 MBA,后来,她又以优异的成绩拿到了经济管理专业的博士学位。

如今她已是美国证券业界风云人物,在被调查时依然心存遗憾地说:"老实说,至今为止,我仍不喜欢自己所从事的工作。如果能够让我重新选择,我会毫不犹豫地选择音乐。但我知道那只能是一个美好的'假如'了,我只能把手头的工作做好……"

艾尔森博士直截了当地问她:"既然你不喜欢你的专业,为何你学得那么棒?既然不喜欢眼下的工作,为何你又做得那么优秀?"

苏珊的眼里闪着自信,十分明确地回答:"因为我在那个位置上,那里有我应尽的职责，我必须认真对待。""不管喜欢不喜欢，那都是我自己必须面对的，都没有理由草草应付，都必须尽心尽力，尽职尽责，那不仅是对工作负责，也是对自己负责。有责任感可以创造奇迹。"

艾尔森在以后的继续的走访中，许多的成功人士对之所以能出类拔萃的反思，与苏珊的思考大致相同——因为种种原因，我们常常被安排到自己并不十分喜欢的领域，从事了并不十分理想的工作，一时又无法更改。这时，任何的抱怨、消极、懈怠，都是不足取的。唯有把那份工作当做一种不可推卸的责任担在肩头，全身心地投入其中，才是正确与明智的选择。正是在这种"在其位，谋其政，尽其责，成其事"的高度责任感的驱使下，他们才赢得了令人瞩目的成功。

艾尔森博士的调查结论，使人想到了我国的著名词作家乔羽。最近，他在中央电视台艺术人生节目里坦言，自己年轻时最喜欢做的工作不是文学，也不是写歌词，而是研究哲学或经济学。他甚至开玩笑地说，自己很可能成为科学院的一名院士。不用多说，他在并非最喜欢和最理想的工作岗位上兢兢业业，为人民做出了家喻户晓、人人皆知的贡献。

不要往前后左右看

　　杰克是一个有理想的青年。他喜欢创作，立志当个大作家，像山姆一样。山姆，是杰克崇拜的大作家。杰克常常在杂志上看见山姆的名字。杰克发现：山姆非常高大并且创作风格多样化；再有，从作品涉及的内容看，其人的知识、见识极其广博。以山姆为偶像，杰克开始了文学创作。慢慢地，杰克也能发表作品了。杰克高兴地努力地写呀写，从趋势上看，他是进步的。然而，写了几年后，杰克沮丧地发现：自己要想赶上山姆，简直是白日做梦。山姆酷似一台创作机器，任意翻开一册新一期的杂志，几乎都可以看见山姆的名字。杰克心想，我就是每天不睡觉也写不出来这么多的作品。另外，山姆那多样化的创作风格，可以吸引有着不同欣赏癖好的读者，而自己，仅有一种创作风格。最可怕的是，山姆犹如一个无所不知无所不晓的"万事通"，而自己，相比之下，显得懂得太少了。杰克开始怀疑自己了，怀疑自己的才气，怀疑自己的学识，怀疑自己是不是文学创作这块料，怀疑自己能否在这条路上有大发展……

　　在种种怀疑中，杰克信心尽失，慢慢地，他远离了创作。他死心塌地做了一名运输垃圾的司机。在奔向垃圾处理场的路上，杰克老了。

　　这一天，老杰克到一家杂志社去运垃圾，那其实是一些滞销旧杂志。老杰克随手拾起了一册翻了翻，又看见了山姆的名字。忽然，老杰克想跟杂志社的人打听打听山姆。事实上，除了山姆的名字和他的作品，老杰克对山姆本人是一无所知的。杂志社的人笑着告诉老杰克：山姆这个人根本不存在。我们杂志社把作者姓名不详的文章，一概署名为山姆。其他的杂志社也有这个习惯。所以,山姆的名字常常出现在杂志上。

话未说完,老杰克已然惊得不能动弹了。原来,让他信心尽失、理想破灭、一生黯淡的,竟是一个根本不存在的人。

商人与支票

年关将近，一个小商人辛辛苦苦地赶出一批货，交给一个新客户。交货之后，左等右等也等不到客户将货款电汇回来。

过了两个星期之后，小商人终于按捺不住，便亲自搭乘夜班火车，赶到那个客户的公司，苦等几个钟头之后，对方才出现。小商人磨了半天，才取到那笔为数十万元的贷款支票。

小商人拿着客户开来的现金支票，火速赶到发出支票的银行，希望能够立刻换得现款，准备过年应急之用。不料，当他将支票交给银行柜台小姐时，对方却告诉他，这个账号的户头已经有很长的一段时间没有往来资金，而且，在那个账号内的存款也不足，他的支票根本无法兑现。

小商人顿时明白，这是那个刁钻的客户故意为难他的小动作，当下便想再冲回客户的公司，和那客户大吵一架。但小商人做事一向小心谨慎，在准备离开银行之前，向银行小姐简单地讲了自己的窘困状况，并询问柜台小姐，既然他的支票因对方存款不足而遭到退票，那么对方究竟差了多少钱？

由于他的诚恳，柜台小姐也热心地帮他查询，得到的结果是，户头内只剩下九万八千元，与他的支票金额相差两千块钱。

果然不出所料，那个客户是存心要和他过不去，看来这笔货款有点悬乎。

小商人转念想了想，灵机一动，很快地从身上掏出两千元钞票，央求柜台小姐帮他存入那个客户的账号内，补足支票面额的十万元，再将那张支票轧进去，终于顺利地取到钱。

拉上窗帘

美国首都华盛顿广场的杰斐逊纪念馆大厦落成使用已久，建筑物表面斑驳，后来竟然出现裂纹。政府非常担忧，派专员调查原因解决问题。最初以为蚀损建筑物的是酸雨。研究表明，冲洗墙壁所含的清洁剂对建筑物有酸作用，该大厦每日被冲洗的次数，大大多于其他建筑，受酸蚀损害严重。

可为什么要每天冲洗呢？因为大厦每天被大量鸟粪弄脏，那是燕子。

为什么有这么多燕子聚在这里？因为建筑物上有燕子最喜欢吃的蜘蛛。

为什么蜘蛛多？因为墙上有蜘蛛最喜欢吃的飞虫。

为什么飞虫多？因为飞虫在这里繁殖特别快。

为什么繁殖快？因为这里的尘埃最适宜飞虫繁殖。

为什么这里的尘埃适宜繁殖？原来尘埃并无特别，只是配合了从窗子照射进来的充足阳光。正好形成了特别刺激飞虫繁殖兴奋的温床，大量飞虫聚集在此，于是吸引特别多的蜘蛛，又吸引了许多燕子，燕子吃饱了，就近在大厦上方便……

问题的解决之道已经找到——拉上窗帘。

希望与成功

听说过这样一个故事吗?当年,美国曾有一家报纸曾刊登了一则园艺所重金征求纯白金盏花的启事,在当地一时引起轰动。高额的奖金让许多人趋之若鹜,但在千姿百态的自然界中,金盏花除了金色的就是棕色的,能培植出白色的,不是一件易事。所以许多人一阵热血沸腾之后,就把那则启事抛到九霄云外去了。

一晃就是 20 年,一天,那家园艺所意外地收到了一封热情的应征信和 1 粒纯白金盏花的种子。当天,这件事就不胫而走,引起轩然大波。

寄种子的原来是一个年已古稀的老人。老人是一个地地道道的爱花人。当她 20 年前偶然看到那则启事后,便怦然心动。她不顾八个儿女的一致反对,义无反顾地干了下去。她撒下了一些最普通的种子,精心侍弄。一年之后,金盏花开了,她从那些金色的、棕色的花中挑选了一朵颜色最淡的,任其自然枯萎,以取得最好的种子。次年,她又把它种下去。然后,再从这些花中挑选出颜色更淡的花的种子栽种……日复一日,年复一年。终于,在我们今天都知道的那个 20 年后的一天,她在那片花园中看到一朵金盏花,它不是近乎白色,也并非类似白色,而是如银如雪的白。一个连专家都解决不了的问题,在一个不懂遗传学的老人手中迎刃而解,这是奇迹吗?

当年曾经那么普通的一粒种子啊,也许谁的手都曾捧过。捧过那样一粒再普通不过的种子,只是少了一份对希望之花的坚持与捍卫,少了一份以心为圃、以血为泉的培植与浇灌,才使你的生命错过了一次最美丽的花期。种在心里,即使一粒最普通的种子,也能长出奇迹!

这个故事告诉我们,只要我们心中存在希望,只要我们心中有一颗希望的种子,那么就一定会创造出奇迹……

断箭

春秋战国时代,一位父亲和他的儿子出征打战。父亲已做了将军,儿子还只是马前卒。又一阵号角吹响,战鼓雷鸣了,父亲庄严地托起一个箭囊,其中插着一支箭。父亲郑重对儿子说:"这是家袭宝箭,配带身边,力量无穷,但千万不可抽出来。"

那是一个极其精美的箭囊,厚牛皮打制,镶着幽幽泛光的铜边儿,再看露出的箭尾。一眼便能认定用上等的孔雀羽毛制作。儿子喜上眉梢,贪婪地推想箭杆、箭头的模样,耳旁仿佛嗖嗖的箭声掠过,敌方的主帅应声折马而毙。

果然,配带宝箭的儿子英勇非凡,所向披靡。当鸣金收兵的号角吹响时,儿子再也禁不住得胜的豪气,完全背弃了父亲的叮嘱,强烈的欲望驱赶着他呼一声就拔出宝箭,试图看个究竟。骤然间他惊呆了。一只断箭,箭囊里装着一只折断的箭。我一直靠着支断箭打仗呢!儿子吓出了一身冷汗,仿佛顷刻间失去支柱的房子,轰然意志坍塌了。结果不言自明,儿子惨死于乱军之中。

拂开蒙蒙的硝烟,父亲拣起那柄断箭,沉重地啐一口道:"不相信自己的意志,永远也做不成将军。"

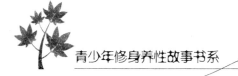

生命的价值

在一次讨论会上，一位著名的演说家没讲一句开场白，手里却高举着一张 20 美元的钞票。

面对会议室里的 200 个人，他问："谁要这 20 美元?"一只只手举了起来。他接着说："我打算把这 20 美元送给你们中的一位，但在这之前，请准许我做一件事。"他说着将钞票揉成一团，然后问："谁还要?"仍有人举起手来。他又说："那么，假如我这样做又会怎么样呢?"他把钞票扔到地上，又踏上一只脚，并且用脚碾它。尔后他拾起钞票，钞票已变得又脏又皱。

"现在谁还要?"还是有人举起手来。

"朋友们，你们已经上了一堂很有意义的课。无论我如何对待那张钞票，你们还是想要它，因为它并没贬值，它依旧值 20 美元。人生路上，我们会无数次被自己的决定或碰到的逆境击倒、欺凌甚至碾得粉身碎骨。我们觉得自己似乎一文不值。但无论发生什么，或将要发生什么，在上帝的眼中，你们永远不会丧失价值。在他看来，肮脏或洁净，衣着齐整或不齐整，你们依然是无价之宝。"

过上好日子

5年前,斯蒂芬·阿尔法经营的是小本农具买卖。他过着平凡而又体面的生活,但并不理想。他一家的房子太小,也没有钱买他们想要的东西。阿尔法的妻子并没有抱怨,很显然,她只是安于天命而并不幸福。

但阿尔法的内心深处变得越来越不满。当他意识到爱妻和他的两个孩子并没有过上好日子的时候,心里就感到深深的刺痛。

但是今天,一切都有了极大的变化。现在,阿尔法有了一所占地2英亩的漂亮新家。他和妻子再也不用担心能否送他们的孩子上一所好的大学了,他的妻子在花钱买衣服的时候也不再有那种犯罪的感觉了。下一年夏天,他们全家都将去欧洲度假。阿尔法过上了真正的生活。

阿尔法说:"这一切的发生,是因为我利用了信念的力量。5年以前,我听说在底特律有一个经营农具的工作。那时,我们还住在克利夫兰。我决定试试,希望能多挣一点钱。我到达底特律的时间是星期天的早晨,但公司与我面谈还得等到星期一。晚饭后,我坐在旅馆里静思默想,突然觉得自己是多么的可憎。"这到底是为什么?"我问自己,"失败为什么总属于我呢?"

阿尔法不知道那天是什么促使他做了这样一件事:他取了一张旅馆的信笺,写下几个他非常熟悉的、在近几年内远远超过他的人的名字。他们取得了更多的权力和工作职责。其中两个原是邻近的农场主,现已搬到更好的边远地区去了;其他两位阿尔法曾经为他们工作过;最后一位则是他的妹夫。

阿尔法问自己:什么是这5位朋友拥有的优势呢?他把自己的智力与他

们做了一个比较,阿尔法觉得他们并不比自己更聪明;而他们所受的教育,他们的正直,个人习性等,也并不拥有任何优势。终于,阿尔法想到了另一个成功的因素,即主动性。阿尔法不得不承认,他的朋友们在这点上胜他一筹。

当时已快深夜 3 点钟了,但阿尔法的脑子却还十分清醒。

他第一次发现了自己的弱点。他深深地挖掘自己,发现缺少主动性是因为在内心深处,他并不看重自己。

阿尔法坐着度过了残夜,回忆着过去的一切。从他记事起,阿尔法便缺乏自信心,他发现过去的自己总是在自寻烦恼,自己总对自己说不行,不行,不行!他总在表现自己的短处,几乎他所做的一切都表现出了这种自我贬值。

终于阿尔法明白了:如果自己都不信任自己的话,那么将没有人信任你!

于是,阿尔法做出了决定:"我一直都是把自己当成一个二等公民,从今后,我再也不这样想了。"

第二天上午,阿尔法仍保持着那种自信心。他暗暗以这次与公司的面谈作为对自己自信心的第一次考验。在这次面谈以前,阿尔法希望自己有勇气提出比原来工资高 790 甚至 1000 美元的要求。但经过这次自我反省后,阿尔法认识到了他的自我价值,因而把这个目标提到了 3500 美元。

结果,阿尔法达到了目的。他获得了成功。

失约

魏特利有幸在年少时，便学会了自立自强。他父亲在二次大战时身在国外，当他九岁时，在圣地亚哥附近，有一个陆军制炮兵团，驻扎的士兵和他成了好友，以消磨无聊的闲暇时间。他们会送魏特利一些军中纪念品，像陆军伪装钢盔、背带及军用水壶，魏特利则以糖果、杂志，或邀请他们来家中吃便饭，作为回赠。

魏特利永难忘怀那一天，他回忆道：

"那天我的一位士兵朋友说：星期天上午五点带我到船上钓鱼。我雀跃不已，高兴地回答：'哇哈！我好想去。我甚至从未靠近过一艘船，我总是在桥上、防波堤上，或岩石上垂钓。眼看着一艘艘船开往海中，真令人羡慕！我总是梦想，有一天我能在船上钓鱼。噢，太感谢你了！我要告诉我妈妈，下星期六请你过来吃晚饭。

"周六晚上我兴奋地和衣上床，为了确保不会迟到，还穿着网球鞋。我在床上无法入眠，幻想着海中的石斑鱼和梭鱼，在天花板上游来游去。清晨三点，我爬出卧房窗口，备好渔具箱，另外还带备用的鱼钩及鱼线，将钓竿上的轴上好油。带了两份花生酱和果酱三明治。四点整，我就准备出发了。钓竿、渔具箱、午餐及满腔热情，一切就绪地坐在我家门外的路边，摸黑等待着我的士兵朋友出现。

"但他失约了。

"那可能就是我一生中，学会要自立自强的关键时刻。

"我没有因此对人的真诚产生怀疑或自怜自艾，也没有爬回床上生闷气或懊恼不已,向母亲、兄弟姊妹及朋友诉苦,说那家伙没来,失约了。相反的,我跑到附近汽车戏院空地上的售货摊,花光我帮人除草所赚的钱,买了那艘上星期在那儿看过、补缀过的单人橡胶救生艇。近午时分,我才将橡皮艇吹满气,我把它顶在头上,里头放着钓鱼的用具,活像个原始狩猎队。我摇着桨,滑入水中,假装我将启动一艘豪华大油轮,航向海洋。我钓到一些鱼,享受了我的三明治。用军用水壶喝了些果汁,这是我一生中最美妙的日子之一。那真是生命中的一大高潮。"

魏特利经常回忆那天的光景,沉思所学到经验,即使是在 9 岁那样稚嫩的年纪,他也学到了宝贵的一课:"首先学到的是,只要鱼儿上钩,世上便没有任何值得烦心的事了。而那天下午,鱼儿的确上钩了!其次,士兵朋友教给我了,光有好的意图并不够。士兵朋友要带我去,也想着要带我去,但他并未赴约。"

然而对魏特利而言,那天去钓鱼,却是他最大的希望,他立即着手设定计划,使愿望成真。魏特利极有可能被失望的情绪所击溃,也极可能只是回家自我安慰:"你想去钓鱼,但那阿兵哥没来,这就算了吧!"相反的,他心中有个声音告诉他:仅有欲望不足以得胜,我要立刻行动,要自立自强,自己开发属于自己的那一片沃土——潜能。

痛苦积聚力量

有一个女孩,很小的时候就拥有一个梦想:成为一名出色的滑雪运动员。然而,她不幸患上了骨癌。为了保住性命,她被迫锯掉了右脚。后来,癌细胞扩散,她先后又失去了乳房和子宫。

一而再,再而三的厄运降临到她的头上,她哭泣过、悲伤过,却从没有放弃过心中的梦想,她一直告诫自己:"轻言放弃,就是失败,我要对自己的生命负责。"

最后,她不但没有被病魔打倒,相反,她以顽强的斗志和无比的勇气,排除万难,终于为自己创下了多项世界纪录,其中包括获得了1988年冬季奥运会的冠军,还在美国历届滑雪锦标赛中共赢得29枚金牌。后来,她还成为攀登险峰的高手。她就是美国运动史上极具传奇色彩的著名滑雪运动员———戴安娜·高登。

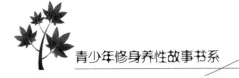
蜘蛛的启示

　　19 世纪初,一支英国大军被拿破仑所率领的军队击溃,这支军队的将领们落荒而逃。其中一位躲进农舍的草堆里避风雨,又痛苦,又懊丧。茫然中,他忽然发现墙脚处有一只蜘蛛在风中拼力结网,蛛丝一次次被吹断,但蜘蛛一次又一次拉丝重结,毫不气馁,终于把网结成。将军被这个小精灵震撼了,深受鼓励,后来重整旗鼓,厉兵秣马,终于在滑铁卢之役打败了对手拿破仑。这位将军,就是历史上赫赫有名的威灵顿将军。

　　每个人在他的一生中总会遇到这样那样的困难。伟大的音乐家贝多芬,17 岁丧母,32 岁失聪,接二连三的打击没有击倒他。他的主要作品竟大都作于失聪之后。牛顿,只上过三个月的小学便辍学在家。但一样成为人类光明的使者,成为自然界一些最重要规律的发现者。

圣诞节的他

圣诞节前夕,家家户户张灯结彩,充满佳节的热闹气氛。他坐在公园里的一张椅子上,开始回顾往事。

去年的今天,他也是孤单一人,以醉酒度过他的圣诞节,没有新衣,也没有新鞋子,更甭谈新车子、新房子。

"唉!今年我又要穿着这对旧鞋子度过圣诞了!"说着准备脱掉这旧鞋子。这个时候,他突然看见一个年轻人自己滑着轮椅从他身边走过。

他顿悟到:"我有鞋子穿是多么幸福!他连穿鞋子的机会都没有啊!"之后,推销员每做任何一件事都心平气和,珍惜机会,发愤图强,力争上游。

数年之后,生活在他面前终于彻底改变了,他成了一名百万富翁。

29

取得成功

华特和丽莎这对年轻夫妇，不久前还以为成功指日可待，当华特拿到心理和企管硕士学位时，他以为自己日后就可以从事管理公司人际关系咨询，或执行与监督有关的工作。然而短期内，事情却与他预期的有所出入，华特别无选择，只好暂时将希望束之高阁，这一晃就是好几年。华特是个德国人，这段期间除了当翻译，似乎也没有其他出路。

他和丽莎两人都梦想能搬回德国，如此一来，不但可与家人团聚，丽莎更可借此学习德文及当地文化。他们一心想回德国，计划在那里找一个高薪的工作，并趁两人还是丁克族时好好四处旅游。为了实现这个梦想，他们花了一个半月的时间在德国找工作，登报求职、寄履历表，让雇主知道他们强烈的工作意愿。就在离德返美的前一天，正当所有履历表都石沉大海时，华特突然接到一个面试电话。

"我们一定能美梦成真!"丽莎兴奋得大叫。

可是华特却显得十分谨慎。

"别高兴得太早，"他说，"丽莎，这不过是个面试而已。"

面试结束，华特和丽莎如期返美等候通知。一个星期过去了，半个月过去了，一个月过去了，丽莎这时开始感到不耐烦，她焦急地催促华特打个电话去问问情况，然而华特心里明白，他得等到公司主动跟他联络才行。在圣诞节前后，该公司的人事主管终于告诉华特，他们要雇用他，只是公司的决策过程太慢了。经过数个月的漫长等待，两人终于美梦成真。这份工作薪水优厚，升迁可期，同时公司还愿意协助华特还清助学贷款及迁徙费用。再也没有什么工作比这次更好的了。

华特和丽莎乐疯了，他们终于达成心愿。

华特接着前往德国开始新工作。就当地的工作条件而言，这是个令人称羡的职位，华特和丽莎都觉得十分满意。华特有两个月的试用期，看看双方是否合适，这时，丽莎也辞去工作，准备搬家。

可是当华特开始工作后，对公司及工作总有一种不安感，有些事情好像不太对劲，他很怕心里出现"回美国算了"的念头，因为事情演变至今，早已无后路可退。最后他终于了解自己再也无法漠视这种感觉。

有天晚上华特走了好长一段路，反复思考这个情况，当他确知目前的新工作根本就不适合他时，华特不禁放声大哭。然而除了悲伤，华特也为自己理清了思绪而感到欣慰。

第二天华特走进总裁办公室，递了辞呈。总裁很惊讶，而且也有点失望，可是除了接受也别无他法。"你为什么要离开?你以后该怎么办?"总裁不解地问。

接着华特将自己在这段时间看到的公司问题一一向总裁报告，并且告诉他这份工作和原先预期的不太一样，华特接着说，他计划开一家咨询公司。华特自信及坚定的口吻让总裁印象深刻，于是他问华特："要是你当了咨询师，你会怎样为公司解决问题呢?"

华特想了一下，因为他尚未完全勾勒出蓝图，不过仍按长期的思考模式回答。华特告诉总裁，思想如何创造实际，而每个人内心其实都有驱动力、常识和其他特质，这些足以使人成为有效率的职员。总裁对华特的话感到很有兴趣，遂问华特是否愿意当他和公司的咨询师。瞧，多快!华特马上就有了第一位客户。

华特离开德国前，和总裁做了一整天的训练课程，并规划日后要将这套心智运作原则和安宁心智的方法传授给公司各阶层主管。截至目前，华特已走访了 13 个国家，训练对象超过 2000 人。华特的事业蒸蒸日上，他不仅为原公司进行咨询工作，业务更扩展至德国及法国其他公司。

想不到原本想傻傻地辞掉工作，到最后事情却出乎两人意料之外——当了咨询师的华特不仅赚进大把钞票，还有上班族渴望的自由，他在两个国家之间如鱼得水。丽莎也如愿在德国待上几个月，并趁华特到各国工作时，四处游览。

心理学家的分析手记

　　这是一位心理分析家的手记,它记录并分析了这样一件事。

　　"去他的,我真不敢相信现在的驾驶有多不小心!"这正是米兰达一大早开着车进城工作途中的例行抱怨。这也是米兰达典型的星期一,在高速公路遇上大塞车。他努力地想切进左线车道,可是开着蓝色别克的女人却坚持不让他插队。"又碰到个笨蛋!"米兰达紧握方向盘,一股气冲到脑门,"这个早上一路都是些笨蛋!"

　　方才那辆别克车的女驾驶显然对愤愤不平的米兰达视若无睹,只见她拿起眼线笔对着后照镜描着左眼。为了要引起她的注意,米兰达一面生气地按着喇叭,一面挥舞着拳头,

　　没想到她也隔着车窗向米兰达挑衅:"随便你了,兄弟。"两人于是干上了。

　　米兰达喃喃自语:"好吧,女人,这回你可是遇到对手了!"此时他看到一个可以切入右线车道的机会,米兰达换到四档,从右侧惊险地超过一辆红色福特,遥遥领先。

　　"太棒了!"米兰达沾沾自喜。不过他显然尚未悟透,他就算赢了这场小小的较劲,依然是个大输家。在高科技公司上班的他会和以前一样,气急败坏地赶到办公室,带着坏心情过完这一天。

　　如果我们深入了解米兰达的思维,会发现他的内心充满着批判、不耐烦与焦躁。对他来说,其他的驾驶者都是"敌人",起码也是他生活步调的破坏者。米兰达认为,开车上班就像陷入战区一样,亦步亦趋的同时不忘大声

谴责混乱的一切。

米兰达并不知道自己先入为主的观念和他开车上班的不愉快经验有何关联。他觉得他对"外在环境"的反应很自然!完全不晓得他的心灵生活筑于自己的"内在世界"。一旦米兰达了解他的所有体验真正源于何处,他看待交通的角度又将如何?

在理想的世界里,交通永远平衡顺畅,驾驶者将永远是彬彬有礼,大家永远不会因为气候或事故而迟到。很不幸的是,这个"理想国"仅仅存在于人类的梦想里。在现实世界中,交通事故频传、天气变幻莫测、大家并非永远都谦让有礼。可是我们开车上路,面对事故频仍的日常公路,其实可以选择自己的心境——我们不总是处于心理的"交叉路口"吗?

如果米兰达现在知道他愤恨的源头,他会如何处理上述的状况呢?星期一早晨缓慢的行车速度,让他心浮气躁。如果他不加速前进,担心可能迟到,一想到这,他开始紧张,他注意到自己的肩膀肌肉紧绷,怒火中烧。

米兰达体验自己不耐烦、生气、不舒服的感觉正是意念传达给他的信号,他必须适时调整这些怀疑。就如同开车骤然切到隔线车道会听到撞击声一样,这种情绪上的警告无疑给米兰达当头棒喝,让他知道自己正往错误的思考模式领域前进。如果他继续下去,那么终将出现"公路激怒症候群"。

仅仅是认清当下的思考,米兰达便能在心理上换挡重新上路。与其把别克车里的女人视为敌手,不如对她的一心二用感到新鲜有趣。他知道她太专注画眼线,才对米兰达变换车道的意图毫不知情。因此米兰达暂缓切入左线车道,让这位女士先行后再开始行动。他甚至还会为自己浪费了10秒钟的时间在那儿生闷气、影响开车和上班心情感到好笑呢!再一次,米兰达了解他自身的意念能创造愤慨的世界,也能打造安宁的心境。

寻找快乐

　　约翰在法国中西部长大,其父母靠经营果圃把约翰养育成人,这种一年到头辛勤耕作、劳碌的农家生活,无疑对约翰日后的自我要求及情绪转换影响深远。如果约翰没有把事情做完,约翰会觉得怠惰、沮丧,有罪恶感。可是不论约翰做了多少,心里老是有股力量驱使约翰去完成更多更多的事。于是约翰对实际工作感到压力重重、精神透支且枯燥乏味。

　　长大以后,约翰对工作的态度就是不断地保持生命力:约翰太太对于约翰能在一天内完成许多事情感到惊讶不已。约翰可以在几小时内就把屋里打扫干净,用一个上午写好一份工作报告,花一天时间种下所有花种,但心里却觉得索然无味。而且约翰只要一坐下来放松心情便觉得罪恶惶恐,会一直想着总还有件事没做好,这种念头一直持续到一日终了。

　　对约翰而言,生命中最艰难的挑战便是呆坐。

　　长久以来,约翰的心一直不停地转动思考,因此坐在海边体验一切,看看绮丽的海景、嗅嗅清凉的海风、听听动人的海涛,对约翰来说皆是新尝试。约翰一直害怕如果自己不能加快脚步,就会变得懒惰而且无法做好任何一件事。这种想法让约翰沮丧透了,所以约翰总是让自己像陀螺一样忙得团团转,只有在消掉工作表上已完成的事项后才会觉得有一丝轻松。

　　那天,约翰记得很清楚,自己是如何凝神静听。约翰那时正在佛罗里达州实习,参加为期三周的心理学新发展课程。

　　起初的两个星期,约翰对上课内容有一箩筐的问题,约翰不过是想借此学到更多咨询方面的新观念和方法,但是很糟糕,约翰尚未找到其中要诀,而课程指导员却一直告诉约翰只要放松心情专注倾听就可以了。

"下午放自己一个假到海边去吧!"课程指导员说。

约翰对他的动机十分怀疑。多诈啊!要约翰一整个下午待在海边,那种不做事的感觉多令人害怕啊!约翰以前从来没有过这种经验,约翰于是和他据理力争,因为只剩下一个星期了,约翰不觉得还有时间浪费,难道约翰不该更努力一点吗?去海边做什么?

可是约翰也想到,到海边走走又不会让他少掉一块肉,还可以享受假期!或许他是对的,约翰可能真该学学如何放慢脚步。

隔天,约翰和妻子一起漫步海边,感到快乐无比。但过了一两个小时,约翰的焦虑开始出现,无论觉得有多不舒服,约翰知道必须秉持信念,而且得相信指导员告诉他如何放松心情的那一套。

当晚,约翰睡得很沉。半夜3点约翰自梦中清醒,顿时恍然大悟。

"亲爱的,快起来。"约翰边说边把妻子摇醒,"我想通了!我终于明白他说的是怎么一回事了。"这是约翰第一次清楚地知道顺其自然和不去强求意念。原来在睡眠中,心智放松了,理解得来全不费工夫。这一切看来真是太简单、太不可置信了。

约翰回到明尼苏达州,日子又和以前一样,可是那晚触动心灵的感觉却依然持续着。

有个星期六,约翰又忙着做事,这回约翰清楚他得赶着做,于是约翰停下来,做了个深呼吸,找到头绪。约翰告诉自己,或许该试试这个方式,看看是否真的可行——在心情放松的情况下把每件事做好,而非处于以往紧张高压的环境。

约翰带着这种新想法过了一天,每一次只要一发现到自己的紧张,心里便很清楚地告诉自己该停下来休息一下。当然,一天结束后,工作比预期进行的速度还要快。更让人吃惊的是:这一整天约翰都好快乐,无论是工作还是休息,一点也不觉得累。

1850 次拒绝

在美国,有一位穷困潦倒的年轻人,即使在身上全部的钱加起来都不够买一件像样的西服的时候,仍全心全意地坚持着自己心中的梦想,他想做演员,拍电影,当明星。

当时,好莱坞共有 500 家电影公司,他逐一数过,并且不止一遍。后来,他又根据自己认真划定的路线与排列好的名单顺序,带着自己写好的量身定做的剧本前去拜访。但第一遍下来,所有的 500 家电影公司没有一家愿意聘用他。

面对百分之百的拒绝,这位年轻人没有灰心,从最后一家被拒绝的电影公司出来之后,他复又从第一家开始,继续他的第二轮拜访与自我推荐。

在第二轮的拜访中,500 家电影公司依然拒绝了他。

第三轮的拜访结果仍与第二轮相同。这位年轻人咬牙开始他的第四轮拜访,当拜访完第 349 家后,第 350 家电影公司的老板破天荒地答应愿意让他留下剧本先看一看。

几天后,年轻人获得通知,请他前去详细商谈。

就在这次商谈中,这家公司决定投资开拍这部电影,并请这位年轻人担任自己所写剧本中的男主角。

这部电影名叫《洛奇》。

这位年轻人的名字就叫席维斯·史泰龙。现在翻开电影史,这部叫《洛奇》的电影与这个日后红遍全世界的巨星皆榜上有名。

沙漠中的旅人

缺水而被困在沙漠里的两个旅人，一个旅人要抓住最后一线希望去找水，便将自己的水袋交给同伴说，你一定要耐心等待。临行前他拔出一支手枪："里面有 5 颗子弹，你每隔一小时就向天空打一枪，这样我就不会迷失方向，找到水便能循着枪声返回你身边了。"

同伴等啊等，等枪里还剩下最后一颗子弹时，他还没有回来。一种深深的恐惧和绝望吞噬着他的精神和灵魂，他将最后一颗子弹打进了自己的胸膛。其时，他的同伴刚刚向一位赶骆驼的老人讨到了水，当他寻着枪响的方向找到原处时，看到了同伴的尸体。就差一步，他没有等到。

一篇报道说一对下岗夫妻几经商海的沉浮与磨难后还是陷入了"绝境"，最后一个已成交的客户也迟迟不能兑付他们货款，在各种沉重的压力聚拢之时，他们绝望了，打开煤气抱着三岁的女儿自杀了。几日后，一个人登门感觉情况不对，才报了警，发现了这个悲剧。这个人就是他们的最后一个客户。原来他刚刚把拖欠的一笔不小的款额汇入他们的账号，想要通知一声时，电话无论如何也联系不上，才亲自登门。这笔款足够让那对夫妻东山再起……就差一步，他们没有等到。

扁鹊的医术

魏文王问名医扁鹊说:"你们家兄弟三人,都精于医术,到底哪一位最好呢?"

扁鹊答说:"长兄最好,中兄次之,我最差。"

文王再问:"那么为什么你最出名呢?"

扁鹊答说:"我长兄治病,是治病于病情发作之前。由于一般人不知道他事先能铲除病因,所以他的名气无法传出去,只有我们家的人才知道。我中兄治病,是治病于病情初起之时。一般人以为他只能治轻微的小病,所以他的名气只及于本乡里。而我扁鹊治病,是治病于病情严重之时。一般人都看到我在经脉上穿针管来放血、在皮肤上敷药等大手术,所以以为我的医术高明,名气因此响遍全国。"

文王说:"你说得好极了。"

一个还是两个

街上有两家卖早点的小餐馆,他们是隔街相对的邻居,规模差不多大,并且经营的早点也相同,都是稀饭、馒头和鸡蛋。

两个餐馆的早点食品差不多,客人也几乎一样多,每天早上,附近的居民都会踱到这两家餐馆里来,喝上一碗稀粥,吃一个馒头和煮鸡蛋。给这两家小餐馆长期供应鲜鸡蛋的是一个个头不高却十分精明的乡下小贩。刚开始时,他总是对右边这家餐馆老板说:"你怎么每次只要 500 个鲜鸡蛋呢?对面的可是每次都要整整 1000 个呢?"街右的餐馆老板不相信,两家差不多的客流量,自己每 10 天 500 个鲜鸡蛋不多不少正好卖完。邻居家 10 天怎么能卖 1000 个鸡蛋呢?

终于有一天,街右这家老板让一个精明的亲戚扮作食客,到街左那家卖早点的餐馆去吃顿饭,探一探自己和那家老板的经营到底有什么不同,是不是那一家有什么奇妙的招数?亲戚去对面的早点铺吃了一顿早点很快就回来了。老板赶忙上去问:"发现有什么不一样的地方了吗?"

亲戚摇摇头说:"没有。只是他们的客人没有一个是不吃鸡蛋的,有的吃三个,有的吃两个,最少的也是吃一个。"

老板一听,更觉得奇怪了,自己的顾客有吃鸡蛋的,也有许多不吃鸡蛋的,这是为什么呢?

老板正迷惑不解时,亲戚忽然醒悟说:"对了,我觉得人家卖鸡蛋同咱店里的卖法有些不一样。"

"怎么不一样呢?"老板忙问。

亲戚说,平时食客到这里吃早点,咱们总是问人家:"要鸡蛋吗?"有的顾客要,有的顾客就拒绝说不要。"那家的问法就不一样,他们问顾客'要一个鸡蛋还是要两个鸡蛋'。"

老板一听,顿时明白了。他终于知道为什么自己每 10 天只能卖出 500 个鸡蛋,而那家能卖出 1000 个的秘密了。差就差在向食客推销熟鸡蛋的言语技巧上。

曹操与关羽

　　建安五年,曹操出兵东征。刘备被迫投奔袁绍,而关羽则为曹操捕获,拜为偏将军。曹操对关羽很尊重,待之以厚礼。后来,曹操发现关羽心神不宁,并没有久留的意思,于是对张辽说:"请你去试着问问关羽,是否愿意留在这里。"于是,张辽来到关羽的住处,询问关羽的意见,关羽叹息说:"我知道曹公对我厚爱,但是,我既受到刘备的知遇大恩,并起过共生死的誓愿,是不能背弃信义的。我总有一天要离开的。但在离开以前,对曹公一定要有所回报的。"张辽转告了曹操,曹操敬重关羽的义气。后来,关羽斩杀了袁绍的大将军颜良文丑,并解了曹操的白马之围,曹操知道他肯定是要走了,于是,重重赏赐了关羽。而关羽则把曹操所有赏赐的东西,原封不动地包好留下,投奔正在袁绍军营里的刘备去了。曹操的部下要去追杀关羽,曹操说:"人,各有其主,不要去追他。"

商鞅变法

商鞅在秦国实行变法,法令已经制定好了,但还未公布,他担心老百姓不相信,就竖了一根三丈长的木头在南门口,宣布说:"谁要是将这根木头扛到北门口,赏给十金。"老百姓感到奇怪,不敢搬。商鞅又说:"能扛到的赏给五十金。"有一个人扛起木头走到北门口,商鞅马上赏给他五十金。这样下来,变法的法令一公布,老百姓们就相信了。

纪伯伦与圣人

当纪伯伦年轻的时候,曾经拜访过一位圣人。这位圣人住在山那边一个幽静的林子里。正当纪伯伦和圣人谈论着什么美德的时候,一个土匪瘸着腿吃力地爬上山岭。他走进树林,跪在圣人面前说:"啊,圣人,请你解脱我的罪过。我罪孽深重。"

圣人答道:"我的罪孽也同样深重。"

土匪说:"但我是盗贼。"

圣人说:"我也是盗贼。"

土匪又说:"但我还是个杀人犯,多少人的鲜血还在我耳中翻腾。"

圣人回答说:"我也是杀人犯,多少人的热血也在我耳中呼唤。"

土匪说:"我犯下了无数的罪行。"

圣人回答:"我犯下的罪行也无法计算。"

土匪站了起来,他两眼盯着圣人,露出一种奇怪的神色。然后他就离开了我们,连蹦带跳地跑下山去。

纪伯伦转身去问圣人:"你为何给自己加上莫须有的罪行?你没有看见此人走时已对你失去信任?"

圣人说道:"是的,他已不再信任我。但他走时毕竟如释重负。"

正在这时,他们听见土匪在远处引吭高歌,回声使山谷充满了欢乐。

大哲理:为了能让别人得到快乐,自己暂时受一点委屈又有什么呢。

最幸福的靠山

入伍三年的小赵探亲回到县城，刚踏入家门，见父母阴沉着脸，失去了往日的笑容，人也仿佛苍老了许多。妹妹心情忧郁地站在旁边，想说什么，但看着爸爸、妈妈，欲言又止。

小赵放下行李，把妹妹拉到一旁，一再追问家里发生了什么事，妹妹才吞吞吐吐地说："哥哥，你三年没有回来，素梅她……她……另有男朋友了。"

妹妹的话好似晴天霹雳，小赵一下子瘫坐在椅子上，他怎么也没有想到会发生这样的事情。入伍三年来，自己哪一天不在想念她，深深的爱激励着他刻苦训练，可现在……小赵心情烦躁极了，真想立即找到她问个清楚。可他还是克制着屈辱和愤怒，他深知，维系爱情的不是强暴，而是感情，真正相亲、相知、相爱的感情。他想："难道恋爱不成，就必然反目为仇、实施报复吗？难道就没有其他选择吗？"

时隔两天，在经历了一场理智与感情的激烈交战之后，小赵踏入了女友孔素梅的家门。顿时，孔家的气氛紧张了。小赵却不怨不恨不怒，心平气和地对孔素梅说："素梅，我理解你的心情和处境，三年来，绿柳树旁你独自徘徊，还要时常牵挂我。前一阵子发生的事情，虽然出乎我的意料，但细细想来又在情理之中。在恋爱上，你有自由选择的权利，我也不能强求。今后，有什么困难需要我帮助，尽管写信告诉我……我们还是朋友，我们毕竟真诚地相爱过。"

一晃一年时间过去了，刚刚弥合失恋创伤的小赵，万万没有想到，已分手的女友素梅又来信了。信中称:"我恨自己当初为了那点可怜的虚荣心而随'他'去广州,后悔自己当初涉世不深,真假难辨去干那肮脏下流的'按摩'工作。现在,家里人不理我,亲友、邻居见了我像躲瘟神似的躲着我,还有流言蜚语压得我喘不过气来。孤独、寂寞、痛苦折磨着我,与其这样活受罪,还不如死掉痛快。我对不住你,不能求得你的宽恕。在我弥留人生之际,向你表示深深的忏悔……"

小赵看到这里,一种不祥的预感袭上心头。他想:她不是那种水性杨花的女人,只是经受不住大城市繁华生活的诱惑才走错了路,更何况她现在迷途知返,懂得珍惜感情,不管作为恋人还是朋友,我都应该在其绝境中拉她一把。他又想:我这样做有没有必要?别人会怎么议论呢?经过反复思考,他把自己的想法告诉了领导。得到支持后,小赵心急火燎地踏上了旅程。

家里人见到他,大吃一惊。听了他准备和素梅结婚的想法后,父亲立刻发火了。

"什么?你要和她结婚,你小子也不想想,当初她是怎么待你的。你不要把赵家祖宗的脸丢尽了。好马不吃回头草,你要长相有长相,要能耐有能耐,又不是讨不到媳妇。"

小赵得到的不是支持而是激烈的反对。

"素梅上了骗子的圈套,她是无辜的。她心灵的创伤,需要用温暖的双手和一颗火热的心去抚平,激发她对生活的信心,我不能看着她去死!"没有受到世俗羁绊的小赵,真是吃了秤砣铁了心。他对亲友说:"尽管她名声不好,但我爱她,你们爱怎么说就怎么说。"

他来到素梅家里,素梅躺在病床上,已经被各种流言折磨得不成样子了。他向她倾吐了自己的心里话后,素梅哭诉了受骗经过后说:"小赵哥,我欠你的感情很多,不配当你的妻子,你去另找一个吧!看到你,我就心满意足了。"

"不,感情这事别人是代替不了的。当初你提出分手,我也有责任,只怪我给你的爱太少了。你放心,过去我爱你,现在和将来我一样爱你。"

不久,这对经历了磨难的恋人,在乡亲们的赞扬声和祝福声中,终于结

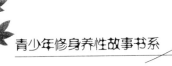

为伉俪。

　　小赵对他的恋人确实十分宽容：当相爱三年的恋人背叛他时，他对她宽容；当她成为堕落的女人后又投向他时，他又对她宽容。这是别人不容易做到的，可是小赵却做到了。正因为他做到了，他终于得到了真正的爱情。

　　对素梅来说，小赵是自己人生中最幸福的靠山。

受伤的战士

二战期间，一支部队在森林中与敌军相遇，激战后两名战士与部队失去了联系。这两名战士来自同一个小镇。

两人在森林中艰难跋涉，他们互相鼓励、互相安慰。十多天过去了，仍未与部队联系上。

这一天，他们打死了一只鹿，依靠鹿肉又艰难度过了几天，可也许是战争使动物四散奔逃或被杀光。这以后他们再也没看到过任何动物。他们仅剩下的一点鹿肉，背在年轻战士的身上。

这一天，他们在森林中又一次与敌人相遇，经过再一次激战，他们巧妙地避开了敌人。就在自以为已经安全时，只听一声枪响，走在前面的年轻战士中了一枪——幸亏伤在肩膀上！后面的士兵惶恐地跑了过来，他害怕得语无伦次，抱着战友的身体泪流不止，并赶快把自己的衬衣撕下包扎战友的伤口。

晚上，未受伤的士兵一直念叨着母亲的名字，两眼直勾勾的。他们都以为他们熬不过这一关了，尽管饥饿难忍，可他们谁也没动身边的鹿肉。天知道他们是怎么过的那一夜。第二天，部队救出了他们。

事隔30年，那位受伤的战士安德森说："我知道谁开的那一枪，他就是我的战友。当时在他抱住我时，我碰到他发热的枪管。我怎么也不明白，他为什么对我开枪？但当晚我就宽容了他。我知道他想独吞我身上的鹿肉，我也知道他想为了他的母亲而活下来。此后30年，我假装根本不知道此事，也从不提及。战争太残酷了，他母亲还是没有等到他回来，我和他一起祭奠了老人家。那一天，他跪下来，请求我原谅他，我没让他说下去。我们又做了几十年的朋友，我宽容了他。"

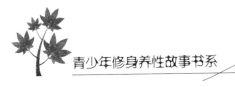

一只苍蝇

有一个吸毒的囚犯,被关在牢狱里,他的牢房空间非常狭小,住在里面很是拘束,不自在又不能活动。他的内心充满着愤慨与不平,倍感委屈和难过,认为住在这么一间小囚牢里面,简直是人间炼狱,每天就这么怨天尤人,不停地抱怨着。

有一天,这个小牢房里飞进一只苍蝇,嗡嗡叫个不停,到处乱飞乱撞。他心想:我已经够烦了,又加上这讨厌的家伙,实在气死人了,我一定捉到你不可!他小心翼翼地捕捉,无奈苍蝇比他更机灵,每当快要捉到它时,它就轻盈地飞走了。捉了很久,还是无法捉到它,这才慨叹地说,原来我的小囚房不小啊!居然连一只苍蝇都捉不到,可见蛮大的嘛!此时他悟出一个道理,原来心中有事世间小,心中无事一床宽。

所以说,心外世界的大小并不重要,重要的是我们自己的内心世界。一个胸襟宽阔的人,纵然住在一个小小的囚房里,亦能转境,把小囚房变成大千世界;如果一个心量狭小、不满现实的人,即使住在摩天大楼里,也会感到事事不能称心如意。所以我们每一个人,不要常常计较环境的好与坏,要注意内心的力量与宽容,所以内心的世界是非常重要的。

正如无门禅师所说:"春有百花秋有月,夏有凉风冬有雪;若无闲事挂心头,便是人间好时节。"

著名剑手

欧玛尔是英国历史上唯一留名至今的剑手。他有一个与他势均力敌的敌手,他同他斗了三十年还不分胜负。在一次决斗中,敌手从马上摔下来,欧玛尔持剑跳到他身上,一秒钟内就可以杀死他。

但敌手这时做了一件事——向他脸上吐了一口唾沫。欧玛尔停住了,对敌手说:"咱们明天再打。"敌手糊涂了。

欧玛尔说:"三十年来我一直在修炼自己,让自己不带一点儿怒气作战,所以我才能常胜不败。刚才你吐我的瞬间我动了怒气,这时杀死你,我就再也找不到胜利的感觉了。所以,我们只能明天重新开始。"

这场争斗永远也不会开始了,因为那个敌手从此变成了他的学生,他也想学会不带一点儿怒气作战。

工人与跳蚤

　　一个工人忙碌了一天,回到自己家里,他舒舒服服地洗了一个热水澡后,便靠在躺椅上,边听音乐,边闭目养神。"哎呀!"突然之间,工人猛然坐起,摸摸自己的右脚,发现小腿上有一个小红点儿。工人伸手在小红点儿上抓了几下,红点儿虽小,却很痒,而且愈抓愈痒,愈抓愈肿。第一个小红点儿还没抓够呢!第二个、第三个红点儿又跟着出现了。"可恶!到底是什么东西在咬我呀?"工人气急败坏地说。他仔细检查自己的右脚,没有找到罪魁祸首,但是左脚又开始痒了。于是工人猛抓,抓得又急又气,最后,他站起来,将屋内的电灯全打开,决定无论如何也要逮到凶手。皇天不负苦心人,经过一番艰苦的努力,罪魁祸首终于被逮着了,原来是一只好小好小的跳蚤。"竟敢咬我!你的死期到了,小恶棍!"工人喊道。跳蚤央求着说:"请别杀我吧!我不过咬了你几口,并没有做什么坏事呀!"工人说:"你错了。要知道,不管大坏事还是小坏事,只要是坏事,就必须铲除干净,绝不能宽容!"说完,工人毫不留情地用指甲一掐,跳蚤便一命呜呼。

化解仇恨的最好办法

前苏联著名作家叶夫图申科在《提前撰写的自传》中，讲到过这样一则十分感人的故事：1944 年的冬天，饱受战争创伤的莫斯科异常寒冷，两万德国战俘排成纵队，从莫斯科大街上依次穿过。

尽管天空中飘飞着大团大团的雪花，但所有的马路两边，依然挤满了围观的人群。大批苏军士兵和治安警察，在战俘和围观者之间，划出了一道警戒线，用以防止德军战俘遭到围观群众愤怒的袭击。这些老少不等的围观者大部分是来自莫斯科及其周围乡村的妇女。

她们之中每一个人的亲人，或是父亲，或是丈夫，或是兄弟，或是儿子，都在德军所发动的侵略战争中丧生。她们都是战争最直接的受害者，都对悍然入侵的德寇怀着满腔的仇恨。

当大队的德军俘虏出现在妇女们的眼前时，她们全都将双手攥成了愤怒的拳头。要不是有苏军士兵和警察在前面竭力阻拦，她们一定会不顾一切地冲上前去，把这些杀害自己亲人的刽子手撕成碎片。

俘虏们都低垂着头，胆战心惊地从围观群众的面前缓缓走过。

突然，一位上了年纪、穿着破旧的妇女走出了围观的人群。她平静地来到一位警察面前，请求警察允许她走进警戒线去好好看看这些俘虏。警察看她满脸慈祥，没有什么恶意，便答应了她的请求。于是，她来到了俘虏身边，颤巍巍地从怀里掏出了一个印花布包。打开，里面是一块黝黑的面包。她不好意思地将这块黝黑的面包，硬塞到了一个疲惫不堪、挂着双拐艰难挪动的年轻俘虏的衣袋里。年轻俘虏怔怔地看着面前的这位妇女，刹那间

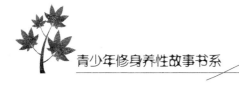

已泪流满面。他扔掉了双拐,"扑通"一声跪倒在地上,给面前这位善良的妇女,重重地磕了几个响头。其他战俘受到感染,也接二连三地跪了下来,拼命地向围观的妇女磕头。于是,整个人群中愤怒的气氛一下子改变了。妇女们都被眼前的一幕所深深感动,纷纷从四面八方涌向俘虏,把面包、香烟等东西塞给了这些曾经是敌人的战俘。

叶夫图申科在故事的结尾写了这样一句令人深思的话:"这位善良的妇女,刹那之间便用宽容化解了众人心中的仇恨,并把爱与和平播种进了所有人的心田。"

昂起头来真美

　　珍妮是个总爱低着头的小女孩,她一直觉得自己长得不够漂亮。有一天,她到饰物店去买了只绿色蝴蝶结,店主不断赞美她戴上蝴蝶结挺漂亮,珍妮虽不信,但是挺高兴,不由昂起了头,急于让大家看看,出门与人撞了一下都没在意。

　　珍妮走进教室,迎面碰上了她的老师。"珍妮,你昂起头来真美!"老师爱抚地拍拍她的肩说。那一天,她得到了许多人的赞美。她想一定是蝴蝶结的功劳,可往镜前一照,头上根本就没有蝴蝶结,一定是出饰物店时与人一碰弄丢了。

　　自信原本就是一种美丽,而很多人却因为太在意外表而失去很多快乐。

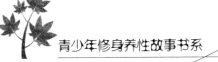

为生命画一片树叶

　　美国作家欧·亨利在他的小说《最后一片叶子》里讲了个故事:病房里,一个生命垂危的病人从房间里看见窗外的一棵树,树叶在秋风中一片片地掉落下来。病人望着眼前的萧萧落叶,身体也随之每况愈下,一天不如一天。她说:"当树叶全部掉光时,我也就要死了。"一位老画家得知后,用彩笔画了一片叶脉青翠的树叶挂在树枝上。

　　最后一片叶子始终没掉下来。只因为生命中的这片绿,病人竟奇迹般地活了下来。

阴影是条纸龙

人生中,经常有无数来自外部的打击,但这些打击究竟会对你产生怎样的影响,最终决定权在你手中。一次演讲台上,老师这样讲述了他的故事:

祖父用纸给我做过一条长龙。长龙腹腔的空隙仅仅只能容纳几只蝗虫,投放进去,它们都在里面死了,无一幸免!祖父说:"蝗虫性子太躁,除了挣扎,它们没想过用嘴巴去咬破长龙,也不知道一直向前可以从另一端爬出来。因而,尽管它有铁钳般的嘴壳和锯齿一般的大腿,也无济于事。"当祖父把几只同样大小的青虫从龙头放进去,然后关上龙头,奇迹出现了:仅仅几分钟,小青虫们就一一从龙尾爬了出来。

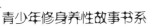

自信

美国著名心理医生基恩博士常跟病人讲起小时候他经历过的一件触动心灵的事。

一天，几个白人小孩正在公园里玩，这时，一位卖氢气球的老人推着货车进了公园。白人小孩一窝蜂地跑了过去，每人买了一个，兴高采烈地追逐着放飞在天空中的色彩艳丽的氢气球。

在公园的一个角落躺着一个黑人小孩，他羡慕地看着白人小孩在嬉笑，他不敢过去和他们一起玩，因为自卑。白人小孩的身影消失后，他才怯生生地走到老人的货车旁，用略带恳求的语气问道："您可以卖一个气球给我吗？"老人用慈祥的目光打量了一下他，温和地说："当然可以。你要一个什么颜色的？"小孩鼓起勇气回答说："我要一个黑色的。"脸上写满沧桑的老人惊诧地看了看小孩，旋即给了他一个黑色的氢气球。

小孩开心地拿过气球，小手一松，黑气球在微风中冉冉升起，在蓝天白云的映衬下形成了一道别样的风景。老人一边眯着眼睛看着气球上升，一边用手轻轻地拍了拍小孩的后脑勺，说："记住，气球能不能升起，不是因为它的颜色、形状，而是气球内充满了氢气。一个人的成败不是因为种族、出身，关键是你的心中有没有自信。"那个黑人小孩便是基恩。

韩国学生

1965 年，一位韩国学生到剑桥大学主修心理学。

在喝下午茶的时候，他常到学校的咖啡厅或茶座听一些成功人士聊天。

这些成功人士包括诺贝尔奖获得者，某一些领域的学术权威和一些创造了经济神话的人，这些人幽默风趣，举重若轻，把自己的成功都看得非常自然和顺理成章。

时间长了，他发现，在国内时，他被一些成功人士欺骗了。那些人为了让正在创业的人知难而退，普遍把自己的创业艰辛夸大了，也就是说，他们在用自己的成功经历吓唬那些还没有取得成功的人。

作为心理系的学生，他认为很有必要对韩国成功人士的心态加以研究。

1970 年，他把《成功并不像你想象的那么难》作为毕业论文，提交给现代经济心理学的创始人威尔·布雷登教授。布雷登教授读后，大为惊喜，他认为这是个新发现，这种现象虽然在东方甚至在世界各地普遍存在，但此前还没有一个人大胆地提出来并加以研究。

惊喜之余，他写信给他的剑桥校友——当时正坐在韩国政坛第一把交椅上的人——朴正熙。他在信中说："我不敢说这部著作对你有多大的帮助，但我敢肯定它比你的任何一个政令都能产生震动。"

后来这本书果然伴随着韩国的经济起飞了。这本书鼓舞了许多人，因为他们从一个新的角度告诉人们，成功与"劳其筋骨，饿其体肤"、"三更灯

火五更鸡"、"头悬梁,锥刺股"没有必然的联系。只要你对某一事业感兴趣,长久地坚持下去就会成功,因为上帝赋予你的时间和智慧够你圆满做完一件事情。后来,这位青年也获得了成功,他成了韩国泛业汽车公司的总裁。

巧克力饼干

朋友讲了自己的一个经历:上星期五我闹了一个笑话。我去伦敦买了点东西。我是去买圣诞节礼物的,也想为我大学的专业课找几本书。那天我是乘早班车去伦敦的,中午刚过不久我要买的都买好了。我不怎么喜欢待在伦敦,太嘈杂,交通也太挤,此外那晚上我已经做好了安排,于是我便搭乘出租汽车去滑铁卢车站。说实在的,我本来坐不起出租车,只是那天我想赶3:30的火车回去。不巧碰上交通堵塞,等我到火车站时,那趟车刚开走了。我只好待了一个小时等下趟车。我买了一份《旗帜晚报》,漫步走进车站的校部。在一天的这个时候校部里几乎空无一人,我要了一杯咖啡和一包饼干——巧克力饼干。我很喜欢这种饼干。空座位有的是,我便找了一个靠窗的。我坐下来开始做报上登载的纵横填字游戏。我觉得做这种游戏很有趣。

过了几分钟来了一个人坐在我对面,这个人除了个子很高之外没有什么特别的地方。可以说他样子很像一个典型的城里做生意的人——穿一身暗色衣服,带一个公文包。我没说话,继续边喝咖啡边做我的填字游戏。忽然他伸过手来,打开我那包饼干,拿了一块在他咖啡里蘸了一下就送进嘴里。我简直难以相信自己的眼睛!我吃惊得说不出话来。不过我也不想大惊小怪,于是决定不予理会。我总是尽量避免惹麻烦。我也就拿了一块饼干,喝了一口咖啡,再回去做我的填字游戏。这人拿第二块饼干时我既没抬头也没吱声,我假装对游戏特别感兴趣。过了几分钟我不在意地伸出手去,拿了最后一块饼干,瞥了这人一眼。他正对我怒目而视,我有点紧张地把饼干

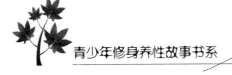

放进嘴里,决定离开。正当我准备站起身来走的时候,那人突然把椅子往后一推,站起来匆匆走了。我感到如释重负,准备待两三分钟再走。我喝完咖啡,折好报纸站起身来。这时,我突然发现就在桌上我原来放报纸的地方摆着我的那包饼干。我刚才喝的咖啡马上都变成了汗水流了出来……

丹麦士兵

在十七世纪，丹麦和瑞典发生战争，一场激烈的战役下来，丹麦打了胜仗，一个丹麦士兵坐下来，正准备取出壶中的水解渴，突然听到哀哼的声音，原来在不远处躺着一个受了重伤的瑞典人，正双眼看着他的水壶。

"你的需要比我大。"

丹麦士兵走过去，把水壶送到伤者的口中，但是对方竟然伸出长矛刺向他，幸好偏了一边，只伤到他的手臂。

"嗨!你竟然如此回报我。"丹麦士兵说，"我原来要把整壶水给你喝，现在只能给你一半了。"

这件事后来被国王知道了，特别召见这个丹麦士兵，问他为什么不把那个忘恩负义的家伙杀掉，他轻松的回答:"我不想杀受伤的人"。

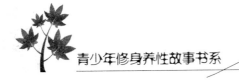

杂志社主编

L 小姐是一家杂志社的主编,朋友介绍一位美工给她。这位美工刚从另一家杂志社离职,还没找到工作。L 小姐看他很客气,也一副很听话的样子,便接受了他。

这位美工的功夫只能说是中等,但 L 小姐待他不错,放手让他发挥,还主动帮他争取待遇,那位美工也感激涕零地表示将"鞠躬尽瘁",于是 L 小姐更对他好了。

这样一年下来,这位美工生活安定了,并在别家杂志找到兼差,但也因此稍微影响本来的工作;可是他却开始抱怨待遇太低,设计的东西也越来越差,最后竟然丢下没完成的工作,到另外一家杂志社去了。

L 小姐气得快炸了,没事就说:"对人好,错了吗?对人好,错了吗?"

像 L 小姐这种情形很多人碰过,有道是"把心肝切给人吃,人还嫌腥"。

富翁与儿子

从前有一个富翁,他有三个儿子,在他年事已高的时候,富翁决定把自己的财产全部留给三个儿子中的一个。可是,到底要把财产留给哪一个儿子呢?富翁于是想出了一个办法:他要三儿子都花一年时间去游历世界,回来之后看谁做到了最高尚的事情,谁就是财产的继承者。

一年时间很快就过去了,三个儿子陆续回到家中,富翁要三个人都讲一讲自己的经历。大儿子得意地说:"我在游历世界的时候,遇到了一个陌生人,他十分信任我,把一袋金币交给我保管,可是那个人却意外去世了,我就把那袋金币原封不动地交还给了他的家人。"二儿子自信地说:"当我旅行到一个贫穷落后的村落时,看到一个可怜的小乞丐不幸掉到湖里了,我立即跳下马,从河里把他救了起来,并留给他一笔钱。"三儿子犹豫地说:"我,我没有遇到两个哥哥碰到的那种事,在我旅行的时候遇到了一个人,他很想得到我的钱袋,一路上千方百计地害我,我差点死在他手上。可是有一天我经过悬崖边,看到那个人正在悬崖边的一棵树下睡觉,当时我只要抬一抬脚就可以轻松把他踢到悬崖下,我想了想,觉得不能这么做,正打算走,又担心他一翻身掉下悬崖,就叫醒他,然后继续赶路了,这实在算不上什么有意义的经历。"富翁听完三个儿子的话后,点了点了头说道:"诚实、见义勇为都是每一个人应有的品质,称不上高尚。有机会报仇却放弃,反而帮助自己的仇人脱离危险的宽容之心才是最高尚的。我的全部财产就是老三的了。"

63

教会的问题

　　神父去拜访一位久未到教会做礼拜的教友。教友说:"教会的是非问题太多了,一堆人扯在一起,就喜欢说人的是非,我感觉非常累了,我不喜欢这样的教会。如果教会不这样,是个单纯的地方,我就会去。"

　　神父没有办法,因为他自己也觉得教会的是非问题很多,而这问题也持续了很久。他沮丧地回来请教有经验的老神父。

　　老神父去找教友,教友又把他的话重复一遍:"如果教会是个单纯的地方,我就会去。"

　　老神父听完一笑,问:"你有看过这样的教会吗?"

　　教友想了想,摇头说:"没有看过。"

　　老神父说:"如果有的话,我劝你也不要去。"

　　教友疑惑地问:"为什么?"

　　老神父答:"你去也只是污染教会而已。"

钓鱼的人

黄昏的阴影轻悄地飘散在罗浮江上。林木和江水被柔和的夕照渲染得犹如酒醺颜酡。林木在明镜似的江水前顾影自怜。偶然有飞虫被鳟鱼吞噬，水面上漾起一连串的圈圈，好像造物给它做阵亡纪念似的，水里的倒影才会受到波动。霎时间万籁俱寂，如入禅定。一切苦难化为乌有，天人之间几乎没有间隔。

在上游垂钓的青年，全神贯注于引鳟鱼上钩，竟没有注意到这片刻的宁静。江边上的渔翁已经来日无多，他不肯等闲虚度了良辰美景。他静寂地坐在那里，像他背靠着的树桩一样，抬起了头如在默祷，烟斗里喷出的烟雾袅袅上升。他没有把钓竿放在心上，生活的重担压得他脸上的皮肉龟裂起皱，犹如生牛皮。但他的眼神里却有一种温和的光芒。目前他心里怡然自得，与世无争。

钓丝上的浮子跳了一下，他竟视若无睹，直等鱼儿钻到水底，倏然溜走，牵动了钓竿，老渔翁这才伸手下去把钓丝拉回来。钓钩上鲜灵活跳的是一尾棕斑鳟鱼。正要把它生擒活捉，他那胼掌隆节的手踌躇了一下。老渔翁若有所思，少顷，呵呵一笑。"这早晚可不是杀生的时候，什么生灵都不应该死的。"这老头儿不愿意再在鱼钩上下饵了。他没有时间了，太阳快下山了。

这时一个青年自下游涉水而来，攀登上岸。"足足4个钟头，连一条鱼都没有，"他说，"白费了半天工夫。""本来是嘛，小老弟，"老渔翁小声说，"钓鱼要是只为得鱼，钓不着当然是白费工夫。听我的话。沉住气慢慢儿钓，要有闲工夫向四周围瞧瞧。看野鹿在江边上喝水，松鼠在忙活，野鸭匆匆忙

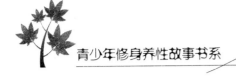

忙地起飞,你别不在意地看一眼就算了。闻闻野花的香味,眺望太阳下山,你周围都是造物的手工,小老弟。不管他做的活是什么,总是值得一看的。"

老渔翁收了一串子母钩儿,上边有四尾鲜活的鳟鱼。

"瞧!小老弟,"他说,"要是你要的是鱼,你拿去吧。我到这儿来,可不是为了这几尾鱼。"

小伙子脸上露出诧异的神情。他耸耸肩,向那几尾鱼笑了一下就走了。可是他忽然停了一下,摘了一朵野花。

孙武练兵

《左传》记载:孙武去见吴王阖闾,与他谈论带兵打仗之事,说得头头是道。吴王心想:"纸上谈兵管什么用,让我来考考他。"便出了个难题,让孙武替他操练姬妃宫女。孙武挑选了一百个宫女,让吴王的两个宠姬担任队长。

孙武将列队操练的要领讲得清清楚楚,但正式喊口令时,这些女人笑作一堆,乱作一团,谁也不听他的。孙武再次讲解了要领,并要两个队长以身作则。但他一喊口令,宫女们还是满不在乎,两个当队长的宠姬更是笑弯了腰。孙武严厉地说道:"这里是演武场,不是王宫;你们现在是军人,不是宫女;我的口令就是军令,不是玩笑。你们不按口令操练,两个队长带头不听指挥,这就是公然违反军法,理当斩首!"说完,便叫武士将两个宠姬杀了。

场上顿时肃静,宫女们吓得谁也不敢出声,当孙武再喊口令时,她们步调整齐,动作划一,真正成了训练有素的军人。孙武派人请吴王来检阅,吴王正为失去两个宠姬而惋惜,没有心思来看宫女操练,只是派人告诉孙武:"先生的带兵之道我已领教,由你指挥的军队一定纪律严明,能打胜仗。"

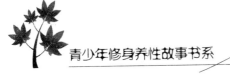

命令是这样传递的

据说,美军 1910 年的一次部队的命令传递是这样的。

营长对值班军官:明晚大约 8 点钟左右,哈雷彗星将可能在这个地区被看到,这种彗星每隔 76 年才能看见一次。命令所有士兵着野战服在操场上集合,我将向他们解释这一罕见的现象。如果下雨,就在礼堂集合,我为他们放一部有关彗星的影片。

值班军官对连长:根据营长的命令,明晚 8 点哈雷彗星将在操场上空出现。如果下雨,就让士兵穿着野战服列队前往礼堂,这一罕见的现象将在那里出现。

连长对排长:根据营长的命令,明晚 8 点,非凡的哈雷彗星将身穿野战服在礼堂中出现。如果操场上下雨,营长将下达另一个命令,这种命令每隔 76 年才会出现一次。

排长对班长:明晚 8 点,营长将带着哈雷彗星在礼堂中出现,这是每隔 76 年才有的事。如果下雨,营长将命令彗星穿上野战服到操场上去。

班长对士兵:在明晚 8 点下雨的时候,著名的 76 岁哈雷将军将身着野战服,开着他那“彗星”牌汽车,经过操场前往礼堂。

大哲理:教师讲“传道”,那么教师传授的道理到了学生那里究竟还剩下百分之多少,有多少又已经被歪曲了呢?

投诉汽车

通用汽车公司黑海汽车制造厂总裁收到一封关于汽车的投诉信：

"这是第二次给你写信，我不会怪你没有答复我的问题，因为这个问题实在太荒诞，但它的确是事实。最近我买了一辆黑海牌车，从此以后去商店就出现了一个问题。你知道，每次我从商店买完香子兰冰淇淋回家，汽车就启动不了，而买其他种类的冰淇淋，车子就启动得很好。无论这个问题有多么愚蠢，但我还是想让你知道我对这个问题非常关注，究竟是怎么回事？"

黑海厂总裁对这封信感到迷惑不解，但还是派了一个工程师去查看。令工程师惊讶的是，当他开着同样的车，也在这家商店买了香子兰冰淇淋返回时，车竟然也启动不了。

工程师又连续去了三个晚上。第一个晚上，车主买的巧克力冰淇淋，车启动了；第二个晚上，买的香子兰冰淇淋，车启动不了。

工程师打死也不相信这部车子对香子兰冰淇淋过敏。于是他加倍工作以求解决问题。每次他都做记录，写下各种数据，像日期、所用汽油类型、汽车往返的时间等。在这几天里，他发现了线索：车主买香子兰冰淇淋所花的时间比买其他冰淇淋花的时间要短。这是为什么呢？答案在冰淇淋店的货架上。香子兰冰淇淋很受欢迎，故分箱摆在货架前面，很容易取到。而其他冰淇淋都摆在货架后面分格里，这就需要花较长的时间到处找。

因而问题就变成了：为什么车停很短时间，就启动不了，工程师进一步找到了问题的答案，不是因为香子兰冰淇淋而是因为汽车锁使汽车启动不了。每天晚上买其他冰淇淋使汽车充分地冷却以便启动。而当车主买完香

子兰冰淇淋时,汽车引擎还很热,因而汽车启动不了。原因找到了,问题自然就解决了。

　　大哲理:往往就是这些小的细节才是问题的真正所在,可惜在生活却被大多人忽略了,他们只是从大的方面着手。

公平的分粥

有七个人曾经住在一起，每天分一大桶粥。要命的是，粥每天都是不够的。

一开始，他们抓阄决定谁来分粥，每天轮一个。于是乎每周下来，他们只有一天是饱的，就是自己分粥的那一天。

后来他们开始推选出一个道德高尚的人出来分粥。强权就会产生腐败，大家开始挖空心思去讨好他，贿赂他，搞得整个小团体乌烟瘴气。

然后大家开始组成三人的分粥委员会及四人的评选委员会，但他们常常互相攻击，扯皮下来，粥吃到嘴里全是凉的。

最后想出来一个方法：轮流分粥，但分粥的人要等其他人都挑完后拿剩下的最后一碗。为了不让自己吃到最少的，每人都尽量分得平均，就算不平，也只能认了。大家快快乐乐，和和气气，日子越过越好。

71

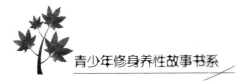

秀才买柴

有一个秀才去买柴,他对卖柴的人说:"荷薪者过来!"卖柴的人听不懂"荷薪者"(担柴的人)三个字,但是听得懂"过来"两个字,于是把柴担到秀才前面。

秀才问他:"其价如何?"卖柴的人听不太懂这句话,但是听得懂"价"这个字,于是就告诉秀才价钱。秀才接着说:"外实而内虚,烟多而焰少,请损之。(你的木柴外表是干的,里头却是湿的,燃烧起来,会浓烟多而火焰小,请减些价钱吧。)"卖柴的人因为听不懂秀才的话,于是担着柴就走了。

换东西

一对贫穷的老夫妇家里只剩匹马了,但又无用处,就想把它卖掉,以便换点有用的东西。

老头子牵着马去赶集了,他先与人换得一条母牛,又用母牛去换了一头羊,再用羊换来一只鹅,又由鹅换了母鸡,最后用母鸡换了别人的一大袋子烂苹果。每一次交换,他都想着要给老伴一个惊喜,而没想到他换得值不值。

当他扛着大袋子来到一家小酒店歇气时,遇上两个英国人。

闲聊中他谈到自己赶场的经过,两个英国人听了哈哈大笑,说他回去准得挨老婆子一顿臭骂。老头子坚称绝对不会,英国人就用一袋金币打赌,说如果他回家竟未受老伴任何责罚,金币就算输给他了,三人于是一起回到老头子家中。

老太婆见老头子回来了,非常高兴,又是给他拧毛巾擦脸又是端水解渴。

老头子讲赶集的经过,毫不隐瞒。每听老头子讲用一种东西换另一种东西时,她总是十分激动地予以肯定。"哦,我们有牛奶了!""羊奶也同样好喝!""哦,鹅毛多漂亮!""哦,我们有鸡蛋吃了!"最后听到老头子背回一袋已开始腐烂的苹果时,她同样不愠不恼,大声说:"我们今晚就可以吃到苹果馅饼了!"说完搂着老头子,深情地吻他的额头……英国人输得心服口服。

照耀在别人身上的光芒

记得当年读研究生的时候，我有一位名叫克雷格的好朋友，他为人热情友善而且浑身洋溢着青春的活力，他走到哪里，哪里就会充满生气。不仅如此，当你和他说话的时候，他那全神贯注地聆听的样子，会让你感到自己非常重要。总之，人们都非常喜欢他。

在一个秋高气爽的日子里，我和克雷格一起坐在我们平时读书学习的地方闲聊着。不经意间，我抬头望向窗外，正好看到教我的一位教授正穿过停车场。

"我可不想碰到他。"我说道。

"为什么呢?"克雷格不解地问道。

于是，我向克雷格解释说，在上一个春季学期，我和他因为一些错误的研究课题产生了严重的分歧。对于他提出的一项建议，我据理力争地反驳了他，而他对我的回答也给予了严厉的驳斥。我们都很生气，从此他就再也没有和我打过交道了。"其实，完全不是因为这个原因，"我补充道，"那家伙根本就不喜欢我!"

"我看未必，也许是你错了，"听完我的解释，克雷格俯视着那位教授远去的背影说道，"也许真正不愿和人打交道的那个人就是你——你这样做只是因为你感到害怕，说不定他还以为你不喜欢他呢，所以才会对你不友好。其实，人，谁喜欢和不喜欢自己的人交往呢?如果，你对他能表现出兴趣的话，那他也会对你感兴趣的。去和他谈谈吧。"

一语惊醒梦中人。克雷格的这番话顿时令我茅塞顿开，豁然开朗。于是，我立刻走下楼去，走进停车场，试探性地走向他。我热情地向他打招呼，并且还问他这个夏天过得怎样。他惊讶地看着我，那样子显然不是刻意装出来的。接着，我们一起并肩走着，闲谈着，我可以想象得出，此刻，克雷格一定正得意的微笑着透过窗户看着我们呢！

其实，克雷格为我讲述的是个再也简单不过的道理，而且简单得连自己都不敢相信自己以前竟然不知道。和大多数年轻人一样，我对自己也总是没有一点儿信心，在和别人交往时，总是心存疑虑，心怀恐惧，不知道别人会如何评论自己——而事实上，别人也在担心我会如何评论他们。从那天起，我不再像以前那样，从别人的眼中来判断他们会如何评价我，因为，我认识到我们每个人都有与别人交往、与人分享某些东西的需要，正因为如此，我发现了一个以前我无论如何也不可能发现的世界，结识了一群以前我无论如何也不可能结识的人。

比如，有一次，我乘火车经过加拿大的时候，在我的旁边坐着一位乘客，他讲话含糊不清，语无伦次，却又喜欢滔滔不绝，啰啰嗦嗦，看起来就像是喝醉酒似的，周围的人都竭力地躲避着他，而我却开始和他攀谈起来。通过交谈，我得知他患过中风，目前虽已痊愈，但仍在康复之中。他还告诉我说，他曾经是我们正经过的这条铁路线的工程师。那天晚上，直到深夜，他都在为我详细讲述这条铁路每段铁轨下面掩埋着的历史。

第二天清晨，当朝霞点亮远方的地平线的时候，他紧紧地握着我的双手，凝视着我的双眼，激动地说："谢谢你能听我说话，要知道大多数的人都觉得我烦。"其实，我很想告诉他，他根本就不需要感谢我，因为，能够了解到这么多宝贵的知识，对我来说真是一大乐事啊！

其实，这就是克雷格教给我的做人的道理：无论与谁交往，首先，你要先去喜欢别人，然后再考虑去问问题。如果你能这样做的话，我相信你照耀在别人身上的光芒一定会成百、成千倍地再反射回你自己身上的！

季节先从一缕风开始

8岁的女儿蜷缩在沙发上,身旁是她喜爱的布娃娃和各色布角、针、线。她翻动着小手在布角上穿针引线,很笨拙,却极为专注。我好奇地问她在做什么。

"我要给娃娃缝一双翅膀,让她像天使一样在天空飞。"

女儿回答着我,一双眼睛澄澈到底,能感觉到,她是那样坚信,她缝制的翅膀一定可以让娃娃飞翔。我的心一震,为她那小小的飞翔的心。

曾震撼于这样一幕,在广岛的原子弹灾难纪念馆中,有一个很大的石件,上边清晰地印着一个人的身影。据说这个人当时正坐在广场纪念碑前的台阶上小憩,在原子弹爆炸的瞬间,一道无比巨大的强光将他的身影投射在这石头上,并深深印进石头里边。

那是日本侵略者践踏他国的黑暗岁月,在将苦难带给被践踏者的同时,日本的民众也遭受着战争带来的黑暗。但黑暗之中,那个已经很难知道名字的日本人却坚守着一份对安宁和祥和的憧憬,他的身躯被核爆炸得灰飞烟灭之后,他那憧憬的姿态仍旧那样坚定地凝望着这个世界。

在报纸上看到这样一个故事,在一家广告公司做市场调研员的凯立·里布曼和杰克·里巴克有着一个同样的梦想,他们渴望有一天能够拥有属于自己的快餐店。终于,经过一番权衡,两人辞掉了工作,决定合作创建一家自己的公司。在美国,麦当劳、肯德基早已名满天下,统治着快餐领域,他们的坚冰上求火般的决策立刻遭受到人们的质疑和嘲笑。但两个人却坚信自己的梦想,他们结合麦当劳和肯德基的汉堡因为个头太大,一些人常常只吃一个汉堡的一部分,却要付整个汉堡的钱的浪费弊端,把汉堡体积减小,推出了迷你汉堡。迷你汉堡店开业后立刻迎来了销售热潮,连锁店也一家一家地开起来……

坚冰消融,云开日出。

两个美国青年创造了一个让快餐业震惊的奇迹,也让我震撼在两个字面前:梦想。

梦想,世界上所有的伟大都凝结在这两个字里,人生的万千追逐都归结在这两个字里。如同不管何方涌来的河流,它的源头只能在高处。梦想,渗透在人生的枝枝节节、层层面面。

因为梦想,我们甘于烟花擦肩,寂寞罩心,因为梦想,我们敢于金戈铁马去,马革裹尸还。梦想是火,它能把一切诱惑、胆怯、彷徨枯草一样烧尽,梦想是风,它能把雪原变绿,干涸润甜。

那么多牵魂挂魄的召唤,那么多不到黄河心不死的追逐,恢弘抑或纤弱,一样地导引着我们的生命前行。一路走来,得失喜悲,却总是风景万千故事层叠。追随梦想上路吧,因为,有梦的人生才会美丽;因为,季节总是先从一缕风开始的。

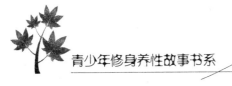

那夜的烛光

临睡以前,女儿赤脚站在我面前说:

"妈妈,我最喜欢的就是台风。"

我有点儿生气。这小捣蛋,简直不知人间疾苦,每刮一次台风,有多少屋顶被掀跑,有多少地方会淹水,铁路被冲断,家庭主妇望着几元一斤的小白菜生气……而这小女孩却说,她喜欢台风。

"为什么?"我尽力压住性子。

"因为有一次台风的时候停电……"

"你是说,你喜欢停电?"

"停电的时候,我就去找蜡烛。"

"蜡烛有什么特别的?"我的心渐渐柔和下来。

"我拿着蜡烛在屋里走来走去,你说我看起来像小天使。"那是许多年前的事了吧。我终于在惊讶中静穆下来,她一直记得我的一句话,而且因为喜欢自己在烛光中像天使的那份感觉,她竟附带地也喜欢了台风之夜。一句不经意的赞赏,竟使时光和周围情境都变得值得追忆起来。那夜,有个小女孩相信自己像天使;那夜,有个母亲在淡淡地称许中,制造了一个天使。

给自己树一面旗帜

罗杰·罗尔斯是美国纽约州历史上第一位黑人州长。他出生在纽约声名狼藉的大沙头贫民窟。这里环境肮脏，充满暴力，是偷渡者和流浪汉的聚集地。1961年，皮尔·保罗被聘为诺必塔小学的董事兼校长。当时正值美国嬉皮士流行的时代，他走进大沙头诺必塔小学的时候，发现这儿的穷孩子比"迷惘的一代"还要无所事事。他们不与老师合作，旷课、斗殴，甚至砸烂教室的黑板。皮尔·保罗想了很多办法来引导他们，可是没有一个是奏效的。后来他发现这些孩子都很迷信，于是在他上课的时候就多了一项内容——给学生看手相。他用这个办法来鼓励学生。

当罗尔斯从窗台上跳下，伸着小手走向讲台时，皮尔·保罗说："我一看你修长的小拇指就知道，将来你是纽约州的州长。"当时，罗尔斯大吃一惊，因为长这么大，只有他奶奶让他振奋过一次，说他可以成为5吨重的小船的船长。这一次，皮尔·保罗先生竟说他可以成为纽约州的州长，着实出乎他的意料。他记下了这句话，并且相信了它。

从那天起，"纽约州州长"就像一面旗帜，罗尔斯的衣服不再沾满泥土，说话时也不再夹杂污言秽语。他开始挺直腰杆走路，在以后的40多年间，他没有一天不按州长的身份要求自己。51岁那年，他终于成了州长。

在就职演说中，罗尔斯说："信念值多少钱?信念是不值钱的，它有时甚至是一个善意的欺骗，然而你一旦坚持下去，它就会迅速升值。"

在这个世界上，信念这种东西任何人都可以免费获得，所有成功的人，最初都是从一个小小的信念开始的。信念就是所有奇迹的萌发点。

不生气的秘诀

古时候，西藏有一个叫爱地巴的人，他一生气就跑回家去，然后绕自己的房子和土地跑三圈。后来，他的房子越来越大，土地也越来越广，而一生气，他仍要绕着房子、土地跑三圈，哪怕累得气喘吁吁，汗流浃背。当爱地巴很老了，走路已经要拄拐杖了，他生气时还要坚持绕着土地和房子转三圈。

一次，他生气，拄着拐杖走到太阳已经下山了还要坚持，他的孙子怕他有闪失就跟着他。孙子问："阿公！您生气就绕着房子和土地跑，这里面有什么秘密？"

爱地巴对孙子说："年轻时，我一和人吵架、争论、生气，我就绕着自己的房子和土地跑三圈，我边跑边想——自己的房子这么小，土地这么少，哪有时间和精力去跟人生气呢？一想到这里，我气就消了。气消了，我就有了更多的时间和精力来工作、学习了。"

孙子又问："阿公！您年老了，成了富人，为什么还要绕着房子和土地跑呢？"

爱地巴笑着说："老了生气时我绕着房子和土地跑三圈，边跑我就边想——我房子这么大，土地这么多，又何必和人计较呢？一想到这里，我的气就消了。"

有一句话说，生别人的气就是对自己的惩罚。而且这是一种无辜的惩罚。心平气和不仅是一种性格，还是一种气度、一种生活的态度。如果为了一点儿小事就生气争吵，不仅破坏了自己的愉快生活，而且还浪费宝贵的时间与精力，这样你将会失去更多。得饶人处且饶人。若在生活上与人发生矛盾，不妨退一步，海阔天空。

每天给自己一个希望

有位医生,素以医术高明享誉医学界。他的事业蒸蒸日上,但不幸的是,就在某一天,他被诊断患有癌症。这对他不啻当头一棒。一度,他曾情绪低落,但后来他不但接受了这个事实,而且他的心态也为之一变,变得更宽容、更谦和、更懂得珍惜他所拥有的一切。在勤奋工作之余,他从没有放弃与病魔搏斗。就这样,他平安地度过了好几个年头,到现在,他依然活得很快乐。有人惊讶于他的事迹,问是什么神奇的力量在支撑着他。这位医生笑盈盈地答道:是希望,几乎每天早晨,我都给自己一个希望,希望我能多救治一个病人,希望我的笑容能温暖每个人。

这位医生不但医术高明,他做人的境界也很高。在这个世界上,有许多事情是我们难以预料的。但是,我们不能控制机遇,却可以掌握自己;我们无法预知未来,却可以把握现在;我们不知道我们的生命到底有多长,却知道自己该怎样选择生活;我们左右不了变化无常的天气,却可以适时调整我们的心态。只要活着,就有希望;只要每天给自己一个希望,我们的人生就一定不会失色。

每天给自己一个希望,哪怕这个希望小得不能再小,只要我们有信心有恒心去追求它去实现它,我们就不但会收获快乐,而且会让人生不断丰盈。每天给自己一个希望,就是给自己一个目标,给自己一点儿信心,给自己一点儿战胜自我的勇气。希望是什么?是引爆生命潜能的导火索,是激发生命激情的催化剂。每天给自己一个希望,我们将活得生气勃勃,激情澎湃,哪里还有时间去叹息去悲哀,将生命浪费在一些无聊的事情上?

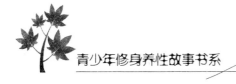

生命是有限的,但希望是无限的。只要我们不忘记每天给自己一个希望,我们就一定能够拥有一个丰富多彩的人生。

的确,每天给自己一个希望,会收获一天的快乐,同样,今生给自己一个大的理想,会拥有一生的精彩。

感谢那只手

前不久看到一则美国故事:感恩节的前夕,芝加哥的一家报纸向一位小学女教师约稿,希望得到一些家境贫寒的孩子的图画,图画的内容是他们想感谢的东西。

孩子们高兴地在白纸上描绘起来。女教师猜想这些贫民区的孩子们想要感谢的东西是很少的,可能大多数孩子会画上餐桌上的火鸡或冰淇淋等。

当小道格拉斯交上他的画时,她吃了一惊:他画的是一只大手。

是谁的手?这个抽象的表现使她迷惑不解。孩子们也纷纷猜测。一个说:"这准是上帝的手。"另一个说:"是农夫的手,因为农夫喂养了火鸡。"

女教师走到小道格拉斯——这个皮肤棕黑、又瘦又小、头发鬈曲的孩子面前,低头问他:"能告诉我你画的是谁的手吗?"

"这是你的手呀,老师。"孩子小声答道。

她回想起来了,在放学后,她常常拉着他黏糊糊的小手,送孩子们走一段。他家很穷,父亲常喝酒,母亲体弱多病,没工作,小道格拉斯破旧的衣服总是脏兮兮的。当然,她也常拉别的孩子的手。可这只老师的手对小道格拉斯却有非凡的意义,他要感谢这只手……

的确,一生中我们每个人都有需要感谢的东西,其中不仅仅有物质上的给予,也包括精神(心灵)上的支持,比如得到了自信和机会。对很多给予者来说,也许这种给予是微不足道的,可它的作用却常常难以估量。

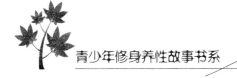

感恩经营

在我常去图书馆的一条路上,看到一家花店,每天早上 8 时,花店门一开,便挤满了前来买花的人。有好几次,我总想近前看个明白——这家花店为何生意如此红火?后来从买花人口中得知,开花店的是一位年轻的小伙子,他每天 8 时开花店门,第一笔生意都是照本钱卖给顾客。

有一天,我想为妻子即将到来的生日买一束郁金香。我也赶早上 8 时挤进了这家花店。

我果然买到一束我想要的黄色郁金香,昨天午后他开价 80 元,今天以开门第一笔生意的价钱只花了 45 元钱买到了。我对小伙子这种独特的经营方式很感兴趣。

一个夕阳西下的傍晚,我见小伙子忙完了一笔生意,正悠闲地修花剪叶,我连忙近前和他点头致意。尔后,我问他:“为什么会有开市第一笔生意照本卖的想法呢?”

他微微一笑说:“最重要的还是感恩吧!记得我刚在这条路上开花店时,我的父亲急需钱动手术,花店每进一个人我总跟人说出我赚的钱只是为父亲看病,奇怪的是人们听后很爽快且十分信任地和我做生意。后来我父亲用我花店赚的钱动了手术,身体日益康复。于是我就想,鲜花不能吃不能穿,只是人们用来传递美好的感情的,鲜花又不是人们生活的必需品,我思前想后就定下了这个规定,每天以此形式答谢顾客。”

噢,原来如此。他恐怕做梦也没想到,正是那颗感恩的心使他的生意得到更大的回馈。

后来,因这条路上的门市拆迁,小伙子搬到别处去了,可人们还会想起他来,我敢肯定人们所挂念的不是小伙子的鲜花,而是他的那一颗感恩经营的心。

感恩

一直以来,"感恩"在我心中是"感谢恩人"的概念。"恩人"者,乃于己有大恩大德者。而在美国的一次偶遇却让我悟出了感恩的另一层意味。

那是在洛杉矶的一家旅馆。早晨,我在大堂的餐厅里就餐时,发现自己的右前方有3个黑人孩子,在餐桌上埋头写着什么。在就餐的时间、就餐的地方,这3个孩子却没做与吃饭有关的事。我难以按捺心中的好奇,试探着走了过去。在这些孩子的应允下,我坐在了他们旁边。看到我这样一个肤色不同的外国人到来,他们没有一丝扭捏,而是落落大方地和我谈了起来。这3个孩子中一个约摸十二三岁戴眼镜的男孩是老大,女孩八九岁是老二,另外一个小男孩五六岁是老三。从谈话中我了解到他们和母亲是暂时住在这家酒店里的,因为他们正在搬家,新房还未安顿好。

当问他们在做什么时,老大回答说正在写感谢信。他一副理所当然的神情让我满脸疑惑。这3个小孩一大早起来写感谢信?我愣了一阵后追问道:"写给谁的?""给妈妈。"我心中的疑团一个未解一个又生。"为什么?"我又问道。"我们每天都写,这是我们每日必做的功课。"孩子回答道。哪有每天都写感谢信的?真是不可思议!我凑过去看了一眼他们每人手下的那沓纸。老大在纸上写了八九行字,妹妹写了五六行,小弟弟只写了两三行。再细看其中的内容,却是诸如"路边的野花开得真漂亮"、"昨天吃的比萨饼很香"、"昨天妈妈给我讲了一个很有意思的故事"之类的简单语句。我心头一震。原来他们写给妈妈的感谢信不是专门感谢妈妈给他们帮了多大的忙,而是记录下他们幼小心灵中感觉很幸福的一点一滴。他们还不知道什么叫大恩大德,只知道对于每一件美好的事物都应心存感激。他们感谢母亲辛勤的工作,感谢同伴热心的帮助,感谢兄弟姐妹之间的相互理解……他们对许多我们认为是理所当然的事都怀有一颗"感恩的心"。

其实,"感恩"不一定要感谢大恩大德,"感恩"可以是一种生活态度,一种善于发现美并欣赏美的道德情操。人生在世,不如意事十有八九。如果我们囿于这种"不如意"之中,终日惴惴不安,那生活就会索然无趣。相反,如果我们像这些孩子一样,拥有一颗"感恩"的心,善于发现事物的美好,感受平凡中的美丽,那我们就会以坦荡的心境、开阔的胸怀来应对生活中的酸甜苦辣,让原本平淡的生活焕发出迷人的光彩!

87

只需一瓢水

最近，因为事业遇到些问题，搞得我很灰心。为了彻底放松休息一下，我决定给自己放个假，去乡下老伯家，过一周真正的乡村生活。

乡下的生活就像乡下的空气一样，对我来说都非常新鲜。吃菜现从地里拔，喝水现去井旁压，睡觉开窗看月光。白天和他们一起下地干活，中午回家坐在土炕上吃农家饭，晚上坐在院子里乘凉。生活简单而快乐。可是，到了第二天早晨，就感觉胳膊发软、腿发沉，腰有些发酸，躺在炕上不起来，一直睡到快中午。家里静悄悄的，一个人也没有，都下地干活去了。我感觉有些渴，起来走到院里的小洋井旁，也学着老伯的样子，双手握住井把抬起再往下压，压了半天，可是不见一滴水出来。我累得直喘气，想不明白：老伯只压几下水就哗哗往外流，怎么我压却不出来！

正巧，这时老伯回来了。他走到井旁，拿起挂在上面的瓢，转身回屋到缸里舀了一瓢水，倒进井里，然后快速地抬压井把，只几下，水就哗哗出来了。老伯接了半瓢水递给我："傻孩子，压水时，先拿瓢往里倒点儿水，这样水就压出来了。知道吗？这叫引水。"

原来是这样。每次，我只看到老伯一压就出水，却没注意他先用瓢往井里倒水。

生活，不也是这样吗？许多时候，我们看到别人成功了某件事情，自己也仿照去做，可是却怎么也做不成。

因为，我们没有引水。只需一瓢水，不多，但必须是你自己的。

点亮心烛

第二次世界大战期间,一个多云黯然的午后。

英国小说家西雪尔·罗伯斯照例来到郊外的一个墓地,拜祭一位英年早逝的文友。就在他转身准备离去时,竟意外地看到文友的墓碑旁有一块新立的墓碑,上面写着这样一句话:

"全世界的黑暗也不能使一支小蜡烛失去光辉!"

炭火般的语言,立刻温暖了罗伯斯阴郁的心,令他既激动又振奋。罗伯斯迅速地从衣兜里掏出钢笔,记下了这句话。他以为这句话一定是引用了哪位名家的"名言"。为了尽早查到这句话的出处,他匆匆地赶回公寓,认真地逐册逐页翻阅书籍。可是,找了很久,也未找到这句"名言"的来源。

于是,第二天一早他又重回到墓地。从墓地管理员那里得知:长眠于那个墓碑之下的是一名年仅 10 岁的少年,前几天,德军空袭伦敦时,不幸被炸弹炸死。少年的母亲怀着悲痛,为自己的儿子做了一个墓,并立下了那块墓碑。

这个感人的故事令罗伯斯久久不能释怀,一股澎湃的激情促使罗伯斯提笔疾书。很快,一篇感人至深的文章从他的笔尖流淌出来。

几天后,文章发表了。故事转瞬便流传开来,如希望的火种,鼓舞着人们为胜利而执着前行的脚步。

许多年后,一个偶然的机会,还在读大学的布雷克也读到了这篇文章,并从中读出了那句话的隽永与深刻。布雷克大学毕业后,放弃了几家企业的高薪聘请,毅然决定随一个科技普及小组去非洲扶贫。

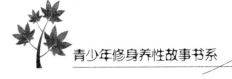

"到那里,万一你觉得天气炎热受不了,怎么办?"

"非洲那里闹传染病,怎么办?"

"那里一旦发生战争,怎么办?"

面对亲友们那异口同声的劝说,布雷克很坚定地回答:"如果黑暗笼罩了我,我绝不害怕,我会点亮自己的蜡烛!"

一周后,布雷克怀揣着希望去了非洲。在那里,经过布雷克和同伴们的不懈努力,用他们那点点烛光,终于照亮了一片天空,并因此被联合国授予"扶贫大使"的称号。

蜡烛虽纤弱,却有熠熠的光芒围绕着它。

其实,我们每个人都是一支这样的蜡烛。当一个人在气馁、失败,甚至感到有些绝望时,不妨激活自己,点亮心烛。黑暗消失了,留下来的却是一个令人惊叹的奇迹。

心灵先到达那里

在美国西部的一个乡村,有一位清贫的农家少年,每当有了闲暇时间,总要拿出祖父在他8岁那年送给他的生日礼物——那幅已摩挲得卷边的世界地图,年轻的目光一遍遍地漫过那上面标注的一个个文明的城市、一处处美丽的山水风景,飘逸的思绪亦随之上下纵横驰骋,渴望抵达的翅膀,在那上面一次次自由地翱翔……

15岁那年,这位少年写下了他气势不凡的《一生的志愿》:"要到尼罗河、亚马逊河和刚果河探险;要登上珠穆朗玛峰、乞力马扎罗山和麦特荷思山;驾驭大象、骆驼、鸵鸟和野马;探访马可·波罗和亚历山大一世走过的道路;主演一部《人猿泰山》那样的电影;驾驶飞行器起飞降落;读完莎士比亚、柏拉图和亚里士多德的著作;谱一部乐曲;写一本书;拥有一项发明专利;给非洲的孩子筹集一笔100万美元捐款……"他洋洋洒洒地一口气列举了127项人生的宏伟志愿。不要说实现它们,单是看一看,就足够让人望而生畏了。难怪许多人看过他自己设定的这些远大的目标后,都一笑了之,大家都认为——那不过是一个孩子天真无邪的梦想而已,随着时光的流逝,很快就会烟消云散的。

然而,少年的心却被他那庞大的《一生的志愿》鼓荡得风帆劲扬,他的脑海里一次次地浮现出自己畅快地漂流在尼罗河上的情景,梦中一次次闪现出他登临乞力马扎罗山顶峰的豪迈,甚至在放牧归来的路上,他也会一次次沉浸在与那些著名人物交流的遐想之中……没错,他的全部心思都已被那《一生的志愿》紧紧地牵引着,并让他从此开始了将梦想转为现实的漫

91

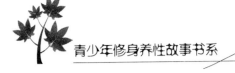

漫征程……

　　毫无疑问,那是一场壮丽的人生跋涉,也是一场艰难得无法想象的生命之旅。他一路豪情壮志,一路风霜雪雨,硬是把一个个近乎空想的夙愿,变成了一个个活生生的现实,一次次地品味到了搏击与成功的喜悦。44年后,他终于实现了《一生的志愿》中的106个愿望……

　　他就是上个世纪著名的探险家约翰·戈达德。

　　当有人惊讶地追问他是凭借着怎样的力量,让他把那许多注定的"不可能"都踩在了脚下,让他把那么多的绊脚石都当作了攀登的基石时,他微笑着如此回答道:"很简单,我只是让心灵先到达那里,随后,周身就有了一股神奇的力量,接下来,就只需沿着心灵的召唤前进好了。"

　　"让心灵先到达那里",约翰·戈达德道出了一个令人深思的哲理——在人生的旅途上,能够最终领略美妙风景的,必然是那些强烈渴望登临并为之不懈跋涉的追寻者。是心灵的渴望,开阔了求索的视野;是心灵的飞翔,催动了奋进的脚步;是心灵的富有,孕育了生命的奇迹……一句话,欲创造人生的辉煌,需首先让心灵辉煌起来。

　　如此,请我们记住一位并不著名的诗人著名的诗句——"目光无法抵达的远方,我们拥有心灵"。

沙漠花园的秘密

澳大利亚的西南,有一片在地图上找不到的沙漠。这里雨水稀少,干旱异常。夏季,这里的最高温度可达50℃,因为没有高大树木的阻挡,狂风终日从这片沙漠上空咆哮而过,好像要把地平线扯断。

听不到野兽的吼叫,没有溪水潺潺,甚至连虫豸的呢喃都稀少,风是这里唯一的声音。

任何人都会以为这是一片死亡之域。

但事实却恰好相反。

1973年,澳大利亚一个叫夫兰纳里的植物学家在骑摩托车旅行时发现,这片世界上条件最恶劣的沙漠中竟有大约3600多种植物繁荣共生,如果按单位面积计算,物种多样性要远远超过南美洲的热带雨林。

春天到来之时,各种灌木的枝头顶着颜色各异的艳丽花朵,在烈日与金沙呼应下,美得令人惊心动魄。因此,发现者称这里为沙漠花园。

是什么原因,把最恶劣的环境,变成了最美丽的花园呢?夫兰纳里发现,生长在这里的植物对自己非常苛刻,对水和养料的需求少得可怜,几乎是别处植物的十分之一。同时,这里所有植物的叶子都不是绿色的,而是带着各种鲜艳的颜色,它们的花朵也都美轮美奂,花冠硕大艳丽,几乎各种颜色的花在这里都能找到;而更奇特的是,这些花朵都能分泌超乎想象的大量花蜜。

夫兰纳里对这些植物进行了30年的深入研究,才发现其中的奥秘。这里的土壤成分主要是没有养分的石英,只有对水分和营养需求极少的植

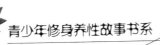

物,才能生存;昆虫和鸟类在这里非常稀少,几乎没有潜在的授粉者,植物的生存繁衍主要靠传播花粉,在这种条件下,植物必须开出最大最艳丽的花朵,分泌最多的花蜜,才能吸引潜在的授粉者的注意。

索取得最少,花朵开得最大最美,花蜜产生得最多,这就是环境最恶劣的沙漠能变成花园的秘密。

少一些索取,多一些贡献,最贫瘠的环境中,生命也会如花绚烂绽放。

一张经典照

美国东部时间 2005 年 9 月 12 日至 14 日，来自全球 150 多个国家的元首或政府首脑在纽约联合国总部聚会，共商加强集体安全机制、促进共同发展以及振兴联合国的大计，纪念联合国成立 60 周年。

这次峰会是联合国历史上规模空前的重大盛会，参加会议的国家元首或政府首脑，超过了 2000 年通过《千年宣言》时的人数。这次峰会是在世界安全与发展以及联合国的威望面临重重挑战的形势下召开的，因而具有特殊的意义。

但是，这些国家元首或政府首脑来自不同国情、不同制度的国家，使用不同的语言文字，更有不同的政治见解，尤其是此次会议《成果文件》的起草和通过颇费周折，在许多重大问题上依然分歧不少，悬而未决，几乎险些成为联合国历史上第二次没有《成果文件》的峰会。因此，不少领导人心存芥蒂。

9 月 14 日，出席会议的国家元首或政府首脑和联合国秘书长安南在纽约联合国总部合影。许多人的神情严肃，甚至满脸忧虑。

怎样才能让合影者在拍照时露出笑脸呢？这让许多人为之着急，更让摄影师们颇费思量。

拍照时出人意料的事情发生了：当合影者在各自的位置站好后，在摄影师做出要摁快门的动作时，摄影师身后的一个小卷轴突然打开。看到卷轴上的字，每个人的脸上都露出了笑容。笑像阳光，消除了合影者脸上的忧色，拉近了合影者之间的心理距离。摄影师虽然不能左右世界风云，但他在力所能及的范围内创造出并捕捉到了和谐，并将这美好的瞬间定格为永恒。与此同时，在周围的人群中响起了经久不息的热烈掌声。

是什么神奇的力量竟能使 150 多个国家元首或政府首脑不约而同地开怀一笑呢？

原来，为了确保摄影效果，摄影师想了个法子：用英、法、俄、中等 6 种联合国工作语言，在一个小卷轴上写下了 6 个"笑"字。当合影者聚精会神地看着镜头时，小卷轴突然打开，6 个"笑"字赫然入目。如此的良苦用心，如此的奇思妙想，怎能不令所有的人开怀一笑呢？

摄影师用一幅小小的卷轴，用一个简单的"笑"字，使合影者驱散了满脸的阴云，洋溢出灿烂的笑容。

摄影师用智慧和善良记录了一个珍贵的历史瞬间，留下了一张永恒的经典照片。

当这张经典照片频频见诸媒体的时候，便有了两个使用率最高的吉祥题目：一个是《笑》，另一个是《让界充满笑》。

看着这张经典的照片，不禁让人想到：笑是上苍赠给人类的最独特的礼物，是人类的通用语言，因为在大千世界的芸芸众生中，只有人类才会笑。笑是对他人的友善，是对彼此的尊重，是对艰难的藐视，是对苦果的从容，是对生活的热爱，是对事业的信念，是对和平的渴望，是对前途的乐观……

学会鼓掌

一家非常有影响力的纺织品公司通过一家电视台的互动节目招聘谈判代表，优越的待遇、光明的发展前景，以及电视台的全程跟踪报道吸引了众多应聘者。经过千筛万选，最后进入决赛的三个人可谓伯仲难分，但招聘公司只能聘用其中一人。为了能够选出最适合的人选，招聘公司可谓煞费苦心。考题从演播室内的唇枪舌剑一直延伸到户外互动内容，随着三名应聘者的精彩表现，录制现场的观众掌声也一次次响起。终于，所有聘试内容都结束了，现场观众开始投票，评选他们心目中的最优秀者，三名应聘者的支持率分别为30%、40%、40%。所有的目光都集中到招聘企业代表以及就业专家的决断，气氛一下紧张起来，现场观众都屏住呼吸，等待主持人宣布最终获胜者。最终的结果却出乎很多人的意料：那名观众支持率为30%的应聘者成为笑到最后的人。

面对现场观众的疑问，企业代表和就业专家说出了他们的理由："说实话，这三名应聘者都非常出色，很难分出谁的能力更强。我们最终选择支持率最低者，是因为他有一点是另外两名应聘者所不具备的，那就是，在整个过程中，他总会适时地为对手鼓掌。一个懂得用掌声表达对对手尊重，并表现自己风度的人，是谈判桌上最关键的素养。"

把掌声送给对手，是一种对对手的尊重，更是对自我风度的展现。知识和经验可以快速的学习和提高，鼓掌，看似简单的一个细节，却需要长久修养的沉淀。

学会鼓掌，学会用双手把尊重唱响，学会用双手把信心唱响，学会用双手把风度唱响……当能力不相上下，当争辩犬牙难分，风度的魅力或许就会成为扭转形势、赢得胜机的砝码。

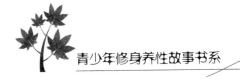
一样重要

心理的杠杆是否平衡，取决于对自己人生价值的定位是否准确。

小时候，有一次我哭着回家，因为在学校的活动里，老师派我扮演了一个小角色，而我的同学却扮演主要角色。

母亲听后冷静地把她的表放在我的手心里，接着问我："你看到什么？"我回答说："金表壳和指针。"母亲把表背打开后又问我同样的问题，我看到许多小齿轮和螺丝。

母亲对我说："这个表假使缺少这些零件中的任何一件，便不能走了。就连那些你几乎看不到的零件也是一样重要。"

母亲的教训使我毕生难忘，因为我明白了即使去做不可能被人赞赏的"小事"，也是相当重要而且是有意义的。

无论我们在生活中、社会上担任什么样的角色，只要是我们分内应该做的事，就应当尽力把它做到最好。再小的事、最不起眼的小角色，也有它存在的价值和意义。

命运之上的风景

有一天读史铁生先生的《我与地坛》,文章中,他讲了朋友的一个故事。

他的朋友因出言不逊而遭了人生的挫折,生活中样样待遇都不能与人平等,于是他便盼望能以他的长跑来获得人生的真正解放。

第一年他在春节环城赛上跑了第十五名,他看见了前十名的照片挂在了长安街的新闻橱窗里,于是有了信心。第二年他跑了第四名,可是新闻橱窗里只挂了前三名的照片,他没灰心。第三年他跑了第七名,橱窗里挂前六名的照片,他有点儿怨自己。第四年他跑了第三名,橱窗里却只挂了第一名的照片。第五年,他跑了第一名——他几乎绝望了,橱窗里只有一幅环城赛群众场面的照片……

读到这里的时候,我去上课了。课堂上,我心有旁骛,不断猜测着这个人的最后命运。是不是他最后真的悲苦地放弃了,而让自己沉沦了下去;或者他终于幸运地让自己上了一次橱窗,人生开始柳暗花明;或者,他放弃了长跑,选择了另一种让命运转折的方式。总之,一节课,我都揪心于他的命运,并做着种种离奇的猜测。

下课后,我迫不及待地读了故事的结尾,结尾很简单,简单得超出了我所有的猜测:

"他以38岁的年龄最后一次参加环城赛,结果又得了第一名并破了纪录。有一位专业队的教练对他说,我要是10年前发现你就好了。朋友苦笑一下什么也没说,只在傍晚的时候来园中(地坛)找到我,把这件事平静地向我叙说了一遍。"

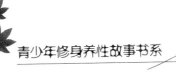

　　"平静",多么让人震撼的"平静"两个字啊。或许,这就是一个从命运的逆境中走过来的人呈现给生活的最美的姿容。这平静里,有淡定自若的从容,有冷静的旷达,更有精神的骨骼中铁的硬度。正如一个哲人所说:"一个人,如果没有被生活的暗流吞没,一定是平静地战胜了命运。"而这平静,就是这个人演绎给坎坷命运的一道恬淡而美丽的风景。

　　我想,这风景,既是对命运沉默而铿锵地回答,也是对人生恬忍而坚毅地馈赠。

为乐趣而工作

　　一个巴黎旅游团到非洲去观光，他们去访问一个森林里的原始部落，看到一位老人身穿白袍，盘着腿坐在一棵大树下编草帽。草帽编得非常精致，宽宽的帽檐，样式别致极了。

　　旅游团中的一位商人心里一动，想："要是把这些草帽运到法国的巴黎去，一定会得到标新立异的女人们的宠爱，也许还会刮起一阵非洲风情时尚风呢！"

　　于是商人激动地问道："这些草帽多少钱一个？"

　　"5块钱。"

　　商人听了简直欣喜若狂："天哪！太便宜了！我在巴黎可以卖到100元，我要发大财了。"

　　但是商人的本性还是促使他讨价还价："如果我买10万顶草帽，你每一个优惠我多少钱呢？"

　　老者头也不抬地答道："20元一顶，不讲价。"

　　"你说什么？"商人以为自己听错了。

　　老者安静地重复道："你要10万顶草帽，就得20元一个。"

　　商人愤怒地问道："为什么？你不懂什么叫批发吗？"

　　老者也生气了："我确实不懂你们的事，我只知道，你让我整天坐在这里做10万顶一模一样的草帽，会让我乏味死的！"

　　商人提醒他道："那又有什么关系呢？难道你做草帽不是为了赚钱吗？"

　　"不！"老者笑着回答道，"我做草帽是为了享受编织的乐趣。"

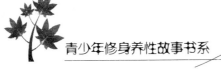

如果你不能像这位超凡脱俗的老者一样只为了乐趣而工作,那么就从你的工作当中发掘乐趣吧。热爱工作是幸福生活的必要条件。

一个真正懂得生活的人,总是善于从生活的细节中找到乐趣,就算是枯燥的角落,也能敏锐地发现快乐的影子。快乐其实很简单,并不是要得到多少东西,而是用心地做好每一件事,并且把它当成一个享受的过程。让自己从内心轻松愉快,就不会觉得自己的日子充满压力和忧虑。

三万个和一个

有一个小伙子,初次到工厂做车工,师傅要求他每天"车"完 3 万个铆钉。一个星期后,他疲惫不堪地找到师傅,说干不了想回家。师傅问他:"一秒钟车完一个可以吗?"小伙子点点头,这是不难做到的。师傅给他一块表,说:"那好,从现在开始,你就一秒钟车一个,别的都不用管,看看今天你能车多少吧。"

小伙子照师傅说的慢慢干起来,一天下来,他不仅圆满完成了任务,而且居然没有累着。

师傅笑着对他说:"知道为什么吗? 那是你一开始就给自己心里蒙上了一层阴影,觉得 3 万个是个多么大的数字。如果这样分开去做,不就是七八个小时吗?"

小伙子恍然大悟。

分开去做,听起来简单,实则蕴涵着立身处世的大智慧。当无情的苦难向我们袭来,当我们被忧愁覆盖得无暇喘息,不要惧怕,伸出手,拨开心头上的那团阴云,轻轻地,像拨开水面上的一块块浮冰。这个时候,天上的太阳自然就会亮亮地照进你的心田。

很多时候压力并不是我们想象的那样大,而是因为我们信心不足而对压力有所惧怕;又或者是我们没有认真去分析,压力才会在无形中被我们放大,直到压得我们焦虑得透不过气来。所以大部分的不快乐,并不是外界给我们的,而是我们自己给自己的。调节好心态,你就得以获得心灵的轻松。

带上三句话上路

快乐是一种美德

要保持快乐,孩子。这是我们穷人最后的奢侈,不要轻易丢掉快乐的习惯,否则我们将更加一无所有。

你要快乐,在每一个清晨或傍晚。你要学会倾听万物的语言,你要试着与你身边的河流、山川、大地交谈。在你经过的每一个村庄,你要留下你的笑声作为纪念,这样当多年以后人们再谈起你时,他们也会记得当年曾有一个多么快乐的小伙子从这里经过。

快乐是一种美德。你要把它像情人的手帕一样带在身边。无论你带着多少行李,你也不要把它扔到路边的沟里。即使你的鞋子掉了,脚上磨出了血,你也要紧紧地攥着快乐,不和它离开半步。

快乐是一种美德,孩子,这是因为快乐能够传染。你要把你的快乐传染给你身边的每个人;无论他是劳累的农夫还是生病的旅人,无论他是赤脚的孩子还是为米发愁的母亲,你都要把快乐传染给他们,让他们像鲜花一样绽开笑脸。

孩子,在你经过的每个村庄,人们都会像亲人一样待你,他们给你甘甜的水,给你的包裹里塞满干粮。你就给他们快乐吧,记住,快乐是一种美德,它能让你在人们的心中活上好多年。

不为一朵花停留太久

在你的旅途上,孩子,会有许多你没有见过的鲜花开在路边。它们守在溪流的旁边,在风中唱歌跳舞。

不要忽略它们，孩子，我们的眼睛永远不要忽略掉美。你要欣赏它们的身姿和歌声，你要因为它们而感到生活的美好。不管你的旅途多么遥远，不管你的道路如何艰险，你都要和鲜花交谈，哪怕只用你喝点儿水、洗把脸的时间。

不要看不见满径的鲜花。但我要告诉你，当你沉浸在花香中的时候，不要忘记赶路，不要为一朵花停留太久，你只是一个过路的人，孩子。你要去的是前方，你的旅途依旧漫长。你的鞋子依然完整，你的双眼依然有神，你属于远方，而不是这里。

不为一朵花停留太久，相信这条路的前头还有千朵花在等你。你要知道自己究竟要去哪里，在你没到之前，孩子，不要为一朵花停住脚步。

你去的地方是远方，孩子，你要知道，那是很远、很远的地方。

给帮过自己的人一份礼物

你会在某一天踩着满地阳光到达目的地。孩子，只要你的身体里流着奔腾的热血，只要你举着火把吓退野兽，你就早晚会抵达那个你想要去的地方。那是远方，那是幸福之乡。

就在你打点行装，准备返回的时候，我要对你说，孩子，别忘了为那些帮过自己的人准备一份礼物。

你要记住在旅途上你喝过别人给你舀来的泉水，你吃过别人给你送上的食物，你听过一位姑娘的歌声，你向一个孩子问过路，你在一间猎人的小屋中曾度过一个漫漫黑夜。要记住他们，孩子，你要记住这些人的声音、容貌。在你返回前，你要为他们准备好礼物。

你要把几块丝绸、几块好看的石头细心地包好。你要给姑娘准备好鲜花；你要给老人准备好烟丝；你要想着那些调皮的孩子，他们的礼物最好找也最难找。

这些就足够足够了。再带上你在路上看过的风景、听过的故事，再带上你的经历和感触，在燃着火的炉边，讲给他们听。

告诉缺水的人们前头哪里有水，告诉生病的人哪种草药可以治病，把你这一路的经验告诉他们，把前方哪里有路告诉他们。

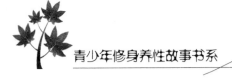
这些都是最好的礼物。

不要忘了给帮过自己的人准备一份礼物，孩子，只有这样，你的这次远行才算没有白走。

美好而辉煌的人生离不开美德相伴，在人生路上，我们应该怀一颗感恩之心，与沿途的人们分享快乐，在我们向人们传递自己的真诚时，我们也会获得生命的充实。一切顺利的旅途，并不用太多的行装上路，人与人之间相互体贴依靠，彼此让对方更加美好，这是最好的行装。

发现他人的优点

从师范学院毕业后,我回到家乡的一所小学,开始担任 5 年级的班主任老师。我的满心兴奋在上过三天课后就冰凉如水。原来,我所负责的这个班级是 5 年级的 6 个班中每次考试成绩最差的一个,这个班级里有几名学生是全校"著名"的另类者,他们上课喜欢做小动作,作业不按时完成,课间喜欢恶作剧欺辱其他同学⋯⋯可以说是劣迹斑斑。班级里那些好学上进、学习成绩优秀的学生对他们几乎是厌恶至极,不肯同他们同桌、不肯同他们游戏,甚至都不肯同他们说话。

我一直相信,人最初的生命都冰清玉洁般纯净无邪,后天所裂变出的各种不同的性格或陋习,都是成长过程中的曲变。我尝试教育那些另类的学生"回头是岸",也开导着那些好学上进的学生对他们给予帮助和关爱。过了一段时间,我发现,那些另类的同学向我固执地展示着他们的破罐子破摔,而那些上进的学生也对他们显得更加嗤之以鼻。我不得不寻找新的解决办法。

一次班会课上,我给每名同学出了一个相同的问题:请写出你的同学中任意一人的一个优点。

很快,同学们将各自的答案都交了上来。对那些学习成绩优秀的同学的优点集中在学习认真上,对那些能歌善舞的同学的优点集中在有文艺特长上⋯⋯有同学对班级里那几名另类学生也挖掘出了他们的各自优点:讲义气、重情义⋯⋯有一名学生对可称为另类学生代表的何君这样写道:"一次,在校园外,有两名社会上的小青年要抢我的钱,何君立刻冲上去把那两个小青年打跑了。何君的勇敢一直让我十分感动。如果他学习上也能进步就更加完美了……"当我将"何君的优点"念完,坐在后排的何君突然哽咽地哭了起来,同学们纷纷看向他,我也十分惊异,我询问他怎么了。他停住了哭泣,说道:"老师,我没有想到,我在同学们眼里还有优点。"那以后,何君和另外几名另类的同学都发生了极大改变,上课不再做小动作,课间也不再捉弄其他同学,而其他同学对他们的态度也渐渐改变着,主动帮助他们讲解习题,和他们一起游戏嬉闹……

班级里终于呈现出一派和谐进取的景象。

期中考试到了,成绩公布,何君和另外几名另类学生的成绩都有了大幅度的提高,尤其是何君,居然考进了班级前 10 名。最让同学们骄傲的是,班级的整体成绩居然跃居 6 个班中的第一名,学生们都异常兴奋,纷纷把功劳归于作为班主任老师的我。我感动地看着这些可爱的学生们,但我心中十分清楚,让事情发生转变的是每一名学生自己。

在写年终评语时,我为每一名学生都写下了相同的一句话,也是我做了一年教师后的最大感悟:发现他人的优点,也是在美丽自己。

人无完人,每个人都有自己的缺点,但每个人也都有他存在的独特价值。发现一个人的缺点往往远比发现一个人的优点容易,一心盯着别人的缺点,去贬低别人,自己也会离别人的缺点不远。我们的双眼是为生活的美好和挖掘别人的优点而存在的,只有多看美好的事物它们才会变得更加清澈。

生命租金

　　某人生命结束之后，灵魂来到了上帝那里。他一眼就看到，上帝的手里拿着一摞薄纸。

　　"亲爱的上帝，"他说，"您拿的是什么?"

　　"租金账单。"上帝说，一边抽出一张递给他，"这是你的。"

　　"什么租金?"某人惊讶极了。

　　"生命租金。"上帝说，"每个人的生命都是我租给的，等生命结束了，就该结算租金了。"

　　某人接过自己的账单。账单共分两部分。

　　首先是租金部分，这里显示着应当支付的款项，具体内容为:

　　租用者姓名某某某

　　基本租金若干／年(此项包括租用者所拥有过的亲情、爱情、友情、快乐、健康、青春，以及社会和自然赐予的所有幸福感受)

　　正常损耗金若干／年(此项是指吃饭、睡觉、应酬等生存必须环节，所以费用极低廉)

　　非正常损耗金若干／年(此项是指吸烟、酗酒、编排谣言、嫉恨他人、常生闲气等主动选择环节，费用相对较高)

　　恶性损耗金若干／年(此项是指发动战争、破坏和平、伤害社会、侵犯他人、制造恐怖等违背人类文明的强烈罪行，费用最高)

　　另一部分是奖金，奖金可以用来抵消部分租金，具体内容为:

　　尽责奖若干／年(此项指对自己应尽的责任和义务的实现程度)

　　宽容奖若干／年(此项指对有愧自己的人的理解和原谅程度)

善良奖若干／年(此项指对一切苦难和不幸的慈悲和同情程度)

敬业奖若干／年(此项指对所从事的工作或事业的尽职和投入程度)

完善奖若干／年(此项指对自身弱点的认识程度和对缺点的矫正程度)

珍爱奖若干／年 (此项指对所享受到的各种各样美好情感与美好事物的珍惜和感恩程度)……

一线支,一线收。收支相抵过之后,他所需付的数目并不是很大。

"可是我已经死了,还怎么去缴纳这笔租金呢?"某人笑道,心想上帝此举有什么用。

"我扣掉了你两年的生命,用来折换租金。"上帝平静地说。

某人沉默片刻。"我可以看一下其他人的账单吗?"他说。

上帝把账单递过来,他一张张地看过去。他发现,除了那些因病早夭的婴孩属于租金与奖金相抵消的结果接近为零之外,其他所有人的收支都不能获得绝对的平衡。多数人的实用租期和上帝给他们的预定租期相差不多,有的只差十几天,有的差一两个月,有的差一两年——就像他一样。其余的大致属于两种情况:一种是实用租期远远低于预定租期,另一种则是实用租期远远高于预定租期。高与低的时距,甚至都可以达到四五十年。

"活得再久又怎么样?最终不是还得死。难道还有长生不老的人吗?"某人想。虽然不乏悔意,他心里却也还是有些不以为然。

"还有一些人是不需要来我这里拿账单的,"上帝仿佛看穿了他的心思,说,"他们不必付租金。"

"为什么?"某人瞪大了眼睛。

"因为他们能够让精神的意义超越平凡的肉体。"上帝说,"租期长几年短几年对他们来说都是不重要的,他们凭着自己杰出的思想品质和心灵智慧,在一代代人心中已经拥有了永久的居留权。"

有的人浑浑噩噩走过一生却不知道人生的意义到底是什么。人的生命是有限的,怎样才能最大程度上延长自己的生命,怎样才能使自己的有限的人生更有价值,这一直是人们关注的问题。而问题的答案就是使自己每一天都有一些心灵与智慧的增长,每一天都对身边的人奉献一些真诚与利益。

自己才能给的东西

理查·柏德是个很有趣的作家。他曾经是个优秀的报社记者。某一天，他感觉自己再也无法受困于某些在生命中纠结的难题，决定让生活在他最爱的海滨重新简单起来。于是他身无长物地来到海滨，成为一个浪人。他的身体和匮乏的物质交战，心灵则在潮汐之间洗涤。

梭罗在瓦尔登湖边写了他的《湖滨散记》，柏德在密拉玛海边写了《海滨浪行》，在人迹稀少的海边，开始探索"人的真正问题"。

对世界来说，这是一种反动；对他而言，这是一个反省。他开始面对贫穷和饥饿，以及寂寞。在沮丧和快乐的两端，他像个钟锤般摆荡。然而这一段日子，也使在都市中久久翻滚的他敢于高声唱出心中的歌。他说："我们日日夜夜在生活中渴求轻松与自由，却因为他人一点一滴灌输给我们的恐惧而鲜少获得。我们怕唱走音、怕拍子错误，也怕唱漏了音符，于是心底的歌被压抑住了，没有高声唱出。这样的压抑，使我们未老先衰。"

他得到的东西很简单，也很不简单。那就是：只有你能给自己想要的生活。

他在书中写了一个使我感觉自己被"电"了一下的真实例子。

有个 70 岁的老妇人，每星期固定打一通电话给 95 岁高龄的母亲，向她请安，总期待母亲能和颜悦色对她说几句话，然而，每一次她都含泪挂上电话。几十年来，她都未间断，一次一次地尝试，又一次一次地伤透了心。

"我总是充满同情地听着这位老妇人向我诉苦，也看着她努力试图从孩子和朋友那儿，找寻她母亲所不能给予她的认同。我多么希望在某个无

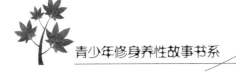
眠的夜里,她能突然醒悟:自己浪费了一生的时间,在向他人索求只有她自己才能给予的东西啊!"

大多数的人不也一样,花一辈子在索取别人的认同吗?

不停歇地索取爱人的认同、亲人的认同、社会的认同、国家的认同、流行的认同,连自己的愿望也需要被认同;甚至连说任何一句话、自己喜欢的颜色、所属的生肖星座,血拼买到的战利品、投票的对象,都在索求认同。别人喜欢或跟我们看法一致,我们才会觉得自己活得有意义;没人认同,就急着愤世嫉俗、焦虑痛苦或自暴自弃。

其实,生命的欠缺是因为我们一直向别人要自己才能给的东西,比如自信,比如快乐,比如自由,比如安全感,比如心灵平静。

不被认同,就有恐惧、愤怒、悲伤、压力与压抑。

每个人心中都有一首歌,想要高声唱出自己的歌,只能靠自己的声带和咽喉。有掌声固然令人兴奋,但不需要掌声,我们也能唱歌。

只有你自己能够唱出自己的歌声。

你的大脑确实属于自己,你能够控制自己的情感,你可以做出选择,而且只要你决定主宰自己,你就可以享受自己现在的时光。活得漂亮,就是活出一种精神、一种品位、一份至真至性的精彩,一个人只要不自弃,相信没有谁可以阻碍你的进步。

勇敢的弟弟

一天下午的黄昏,在非洲刚果河上,有两个男孩划着小木舟回家。他们是两兄弟,哥哥耶里,弟弟波大果,他们是划船出来游玩的。不料玩得忘了时间,这时见太阳落山了,才想起要赶快把这艘木舟划回家去。

两兄弟合力摇着船桨。船是用一条圆木雕成的小木舟,只能在平静的小河里划着玩,如果稍有震动,就会翻覆沉没。

当波大果一边划桨,一边远望着西天的夕阳时,他忽然发现远处的河面上正有一条鳄鱼向这边游来。

耶里也同时发现了鳄鱼,他喊道:"鳄鱼!吃人的鳄鱼来了!"远处的水面上浮出绿色的鳄鱼头、背,鳄鱼在水中划出大水波,很远就能听到"嘶嘶"的水响。

这时,船正在河中心,要划到河岸边,至少还要半小时。后面的鳄鱼却不到几分钟就会追到,眼看着他们就要变成鳄鱼的晚餐了。他们年纪不大,凭他俩的力气是打不过那条鳄鱼的。

正当他们不知如何是好时,那条大鳄鱼已经张开血盆大口,游到离船尾不到 10 米的地方。

"逃命啦!"哥哥耶里惊慌失措,发疯似的跳到河里,潜水游向附近的河岸。

弟弟波大果,年纪小,力气更小,即使跳到水里也游不到岸边。这时鳄鱼已游得更近,距离船头只有两三米远。此刻,他只来得及想一件事:怎样才不会被鳄鱼当晚餐?因为现在一切只能靠自己了。

这时大鳄鱼纵起了它的头向船尾冲来。

说时迟,那时快,波大果也不知是从哪里来的勇气,在鳄鱼正抬头张口冲来的同时,他也上前一步,站到船头上,弓着腰背,纵身高高跳起,张开双臂,扑到鳄鱼的背上,全身都落到鳄鱼头、嘴的背后。

鳄鱼这时似乎有点儿惊慌,用头向船头撞去。它撞船的冲力,正好使波大果的身体在其背上一旋,旋到另一个方向。

波大果正好趁机用双臂紧紧扼住鳄鱼嘴下的颈部,用双腿全力夹住鳄鱼背。

鳄鱼发狂似的在水中挣扎,波大果拼命扼紧它的咽喉不肯放松。最后,鳄鱼在河水中向前游去。波大果发觉鳄鱼已逐渐不再挣扎了,他感觉到自己等于是骑着鳄鱼顺水游了。

波大果的一双手臂依然紧扼鳄鱼的颈不敢放松,他知道,鳄鱼的力气太大了,他怕扼在鳄鱼颈的手臂一旦被挣脱,那他就再也不能控制鳄鱼,那时一定会被鳄鱼一口吞下。

他就这样扼紧鳄鱼,在河面上向前游着。

在死亡的恐怖中,他不知这样游了多久,只见天色渐渐暗了下去,河水与河岸的距离究竟还有多远,他也没有心思去看。

不久,波大果忽然发觉鳄鱼不动了,定睛一看,眼前竟是河边的沙滩。

是鳄鱼要到河滩来休息吗?他不明白,也不敢多想。

他心中突然欢喜了,即使鳄鱼这时再要咬人,他也可以在陆地上飞快逃走的。因此,他就纵身跳到鳄鱼的右侧,疯狂地向前跑了几十步才停下来。他回过头,在月光下,看到自己一路"骑"来的那条大鳄鱼,依然伏在河滩那个老地方。他走回去,壮着胆子蹲下来仔细看了看,只见鳄鱼双眼紧闭。他伸手试探鳄鱼的颈部,发现鳄鱼竟然完全停止了呼吸。

他高兴极了,跑到一棵树下找来几根树藤,绑住鳄鱼的颈项,向前拖去。他拖得很吃力,拖一会儿,休息一次,最后终于绕过小路回到自己的家。

全家人听了事情的经过,不禁目瞪口呆。

原来,当这个小男孩在遭遇危险时,他在求生本能的驱使下,连害怕都来不及了,他那紧扼鳄鱼颈的手臂就在这顷刻之间,产生了一种神奇的力量。鳄鱼虽然力大而凶残,但它颈部被波大果扼得太紧,最终因无法呼吸而死去。

在死亡边缘独自战胜鳄鱼的 16 岁小男孩波大果,成为非洲报纸上的热门传奇人物。

自大的小狮子

有一只小狮子很自大。它听说人是最坏的动物,于是便想找到他,好好教训他一顿。

于是小狮子离开家出去寻找人。路上它碰见一头很瘦的驴,背上还有一条条的伤痕。它问驴:"你见到过人吗?听说他十分的坏!"

驴望望身后:"他真的很凶残,每天让我驮着他,经常让我给他推磨,还动不动就拿鞭子抽打我。对了,他就在不远处,我刚从他手里逃了出来。"说完驴慌慌张张地跑了。

小狮子接着向前走去,没走一会儿,一头疲惫的骆驼朝自己这边奔了过来。

"你看见人了吗?"狮子问它。"就在我后面,我趁他睡着时偷跑了出来。"骆驼一边回答一边从小狮子身边跑过。

走了没多远,小狮子看见了人。"你是人吗?"它问。

"我是木匠。"那人回答。

"木匠是做什么的?"小狮子接着问。

"做房子的,我做过很多的房子。让我为你做一个房子吧,你一定会喜欢它的。"木匠笑着对小狮子说完,就拿起工具"叮叮当当"地干了起来,很快就做好了一个盒子。木匠对小狮子说:"你先到房子里试一试,看看大小如何,我要给你做一个大小合适的房子,你住进去才舒服。"

小狮子就钻进盒子里,然后木匠又说:"把你的尾巴也放进去。"小狮子又把尾巴也圈了进来。木匠把木板很快地盖在盒子上面,然后使劲地钉上钉子,直到木板与盒子之间一点儿缝儿都没有。

驴和骆驼走了一阵儿,又饿又渴。它们觉得还是在人那里比较好,至少不愁吃喝。于是它们又回到人的身边。就这样,人把盒子绑在骆驼的身上,然后骑着驴又出发了。

"知己知彼,百战百胜。"在完全没有搞清楚敌人实力的情况下,还是不要轻举妄动的好。

老虎学艺

在很久以前，大森林里住着一只力大无比、健壮凶猛的小老虎。但这只小老虎徒有一身力气，什么本领也没有。虽然他只要一吼就能把小动物们都吓跑，但他却一只猎物也抓不到，因而时常饿肚子。为了生存下去，他很想拜个师傅，学点儿真本事。

一天，小老虎看见一只猫，正上跳下蹿地寻找吃的东西。他一会儿跑，一会儿跳，身手十分敏捷。小老虎目瞪口呆地看着小猫，心里羡慕极了。

"我要是有小猫那样的本领该有多好呀!以后就再也不会饿肚子了。"小老虎美美地想。

于是小老虎决定拜小猫为师。他走上前，恭恭敬敬地对小猫说:"小猫先生，我想拜您为师，请把您的本领全都教给我好吗?学成之后，我会好好儿报答您的。"

小猫知道老虎很凶残，不肯收他做徒弟，也不想把本领教给他。可是禁不住小老虎的再三恳求，小猫只好同意了。

从这天开始，小猫就成了小老虎的师傅。小老虎为了学到本领，改变命运，十分珍惜这次难得的学习机会，每天都起得很早。小猫当起师傅来也非常的认真，每天起早贪黑，不辞辛苦地教小老虎翻、跳、爬、扑等各种捕食本领。他一招一式地教，小老虎一丝不苟地学。小老虎进步很快，不久就变得身手敏捷了。

一天，小猫让小老虎跟狮子搏斗。小老虎本来就力大无比，再加上小猫师傅教给他的本领，他竟然把一头大狮子打得落花流水，狼狈而逃。

小老虎学到一些本领后，开始变得骄傲起来。他认为自己现在什么都会，什么动物都打得过。当见到师傅时，他也昂起头，眯着眼，一副不屑一顾的样子。

　　有一天，小老虎盯着自己的小猫师傅，心里盘算开了：师傅看起来又肥又壮，肯定很好吃。再说，要是我把小猫吃了，那我就是天下第一的森林之王了。

　　想着想着，小老虎慢慢地站起身子，眼睛里露出了凶光，慢慢地向小猫靠近。他悄悄地俯下身子，突然一跃而起，张开血盆大口，扑向自己的小猫师傅。

　　机灵的小猫回头一看，转身就跑。小老虎一次次地扑向小猫，都被小猫巧妙地躲开了。但小猫有些累了，差点儿就被小老虎抓到了。这时，小猫向一棵大树跳去，转眼间他就爬到了树顶。小老虎很吃惊地看着小猫，并问道："师傅，你怎么没教我爬树呢？"小猫看着小老虎，气愤地说："你这个没良心的东西，我要是把这爬树的本领也教给你，那今天死的就是我了。"

　　老虎望着树上的小猫，又气又急，可他没学会怎样爬树，拿小猫一点儿办法也没有，只好垂头丧气地走开了。

蜜蜂和蚯蚓

蜜蜂和蚯蚓原来是一对好朋友,那时候蚯蚓也会飞。

一天,蜜蜂采蜜回来时,发现蜜少了,就想知道究竟是怎么回事。

这天,蜜蜂没去采花粉,而是躲到屋后的草丛里。不一会儿,他就见蚯蚓来偷蜜吃。蜜蜂抓住蚯蚓,说:"你怎么偷吃我的蜜呀!"蚯蚓羞红了脸,一头钻到地下。他决心用劳动改过。后来,人们都夸蚯蚓爱劳动了。

一顶兔皮帽

有一只小兔子，特别爱说大话，大家都叫他"吹牛大王"。

有一天，一个猎人把这只兔子打死了，用他的毛皮做成了一顶帽子。猎人的儿子戴上兔皮帽，不知怎么搞的，竟说起大话来。滑雪时，他夸口说能从山上一下子滑到冰湖对岸去！哪知刚一起步，他的雪橇就翻了个儿，兔皮帽从头上飞出去了。由于兔皮帽和雪一样白，他怎么找也找不到，兔皮帽就留在了雪地上。

过了几天，几个小孩儿去拾柴火，有一个小女孩儿发现了这顶帽子。她刚戴到头上，立刻就对同伴们说道："我拾的柴火比你们都多。"伙伴们听了很生气，丢下她就走了。

小女孩儿自己进了树林，她取下帽子抖雪，才发现自己迷路了。小女孩儿扔下帽子，转身追赶小伙伴儿们去了。

兔皮帽就这样留在了树林的灌木丛中，但它在那儿一定放不长久——谁要是看见了，也许就会捡起来戴上。

换尾巴

　　小白兔白白是一个快乐的孩子。可是这几天,白白却怎么也高兴不起来。因为小伙伴们都说她的尾巴又短又小,一点儿都不好看。

　　一天,白白看到小松鼠翘着毛茸茸的大尾巴在树上蹦来蹦去,羡慕极了。"松鼠姐姐,你的尾巴可真漂亮!"

　　"我们换尾巴好不好?"白白提议道。"好啊好啊。"小松鼠说道。

　　尾巴换好了,白白开心极了。这时,从灌木丛中蹿出一只大灰狼。他瞪着蓝色的大眼睛,龇着牙,向白白扑了过去。白白拼命地跑,可是大尾巴拖在后面沉沉的。眼看着大灰狼就要追上来了。这时,兔妈妈从林子里跳了出来,把大灰狼引开了。

　　白白没想到这条漂亮的大尾巴差点儿让她送了命。第二天,她去找小松鼠,又把尾巴换回来了。

说谎的小猴子

　　山羊妈妈在菜地里种了一棵桃树。秋天,桃树上结满了桃子,小猴子看见满树的桃子馋得直流口水。山羊妈妈就对小猴说:"拿几个尝尝吧!"

　　小猴子一直吃到肚子撑得像个小鼓,才不得不从树上溜下来。

　　第二天早晨醒来,小猴子回味着桃子鲜美的滋味,自言自语地说:"要是能再吃上一顿就好了。"小猴子是个聪明的孩子,他眨眨眼睛,便想出了一个办法。可是,这不是撒谎吗?"就这一次!"小猴子一路念着"就这一次",向山羊家跑去。

　　"山羊阿姨!白兔奶奶听说你家的桃子结得又大又多,她想要几个桃子,留下桃核儿,明年春天好种上。"

　　山羊阿姨忙拿出一只篮子:"你给她摘一篮捎去吧!"小猴子摘了满满一篮,一路吃着走了。

　　等他美美地睡了一夜后,早已把"就这一次"的诺言忘得一干二净了。第二天,他又来到了山羊家。

　　"山羊阿姨,老马爷爷病了,他想吃几个桃子。"

　　"你摘一篮给他送去吧!"小猴子又摘了满满一篮桃子。

　　小猴子总是有办法的。一连几天,他都骗到了桃子。

　　但谎话终究会被揭穿的。没过几天,山羊阿姨在从她家到小猴家的路上发现了好多桃核儿,她摇摇头,什么都明白了。

　　这一天,小猴子又编了一个谎话,骗桃子来了。"小猴子,我知道你会来的。"山羊阿姨说,"我正准备给你送一袋东西去。"小猴子见她身边放着一个鼓鼓囊囊的大麻袋,以为是桃子,心里一阵欢喜。他解开一看,里面全是桃核儿。小猴子羞愧地低下了头。

123

小熊买瓜

夏天到了,太阳公公把大地烤得像着了火似的。熊妈妈忙东忙西地在家收拾屋子,可熊妈妈的两个儿子大懒和小馋却什么都不干,在大树下乘凉,还总喊:"热……"

弟弟小馋说:"这么热的天,吃上一块儿西瓜该多美呀!"大懒也附和道:"是啊!弟弟,你去买个西瓜吧!"两只熊都想吃西瓜,可是,都懒得去买。小馋说:"你比我大,你应该去。"大懒说:"你跑得比我快,你应该去!"妈妈说:"别吵了,你们俩一起去买,谁要偷懒就别吃西瓜!"两只小熊都想吃西瓜,于是一块儿买西瓜去了。

到了瓜园,兄弟俩挑了一个又大又圆的西瓜,交了钱,大懒抱起西瓜往家走。刚走出瓜园,大懒就"哎哟哎哟"地叫起累来,他要小馋抱西瓜。小馋不得已便抱起了西瓜。可是走了没多远,他又让大懒抱。他们站在那儿谁也不想抱,突然,西瓜掉到了地上,朝前滚了几步停住了。大懒和小馋一看,嘿,有办法了,可以把西瓜滚回家去。于是,他俩我踢一脚,你推一把,让西瓜不停地往前滚,不一会儿就回到了家。一进门,他们就大喊:"妈妈,我们把西瓜买回来了,快拿刀切开让我们尝尝!"

兄弟俩瞪大眼睛,咽着口水,看着妈妈洗瓜、切瓜。可是当妈妈切下去,只听"哗啦"一声,红红的西瓜水溅了一地,大懒和小馋一看,全都傻了眼。唉,只怪他们懒,在地上滚着西瓜走,两兄弟现在后悔也来不及了。

鲤鱼跳龙门

在鲤鱼家,鲤鱼奶奶特别爱讲故事,每天她都给鲤鱼们讲故事,小鲤鱼就是在美丽的故事的陪伴下长大的。一天,一群顽皮的鲤鱼正在大河里玩耍,领头的鲤鱼记得奶奶讲过,在大河和大海的交界处矗立着一座龙门,谁能跳过去,谁就可以变成一条大龙。大家便决定一起去跳龙门。

大家朝着龙门的方向游着游着,发现河面变宽了,河水也变深了。领头的鲤鱼奋力一跳,高兴地叫起来:"我看到龙门啦!"鲤鱼们都跳了起来,只见那个高大的龙门像一座桥,上面还插着许多红旗。

他们都相信,这就是真的龙门,可是谁能跳过去呢?领头的鲤鱼想先试一试,他像箭一样地冲向龙门,然后猛地跃起,可离龙门还差好远呢!这时,他被一股强大的水流冲进了龙门旁边的一个长洞里,并随着水流游到了洞外。

鲤鱼浮出水面,发现两岸有粉红色的桃花和碧绿的柳树,岸边还长着许多水草。接着,他的小弟兄们也都勇敢地冲了过来。最小的鲤鱼问:"咱们都过了龙门,怎么没有变成大龙呢?"

正在大家都觉得奇怪时,一只小鸟飞来了,领头的鲤鱼就游过去问:"小鸟姐姐,我们都跳过了龙门,可我们为什么没有变成大龙呢?"小鸟听后笑了,她说:"这里不是龙门,这里只是一个大水库,再说即使这里是龙门,跳过去也不会变成大龙,那只是一个美丽的传说。"

鲤鱼们听了都点点头,仿佛真的明白了似的。

爱美的小山羊

山羊妈妈有只可爱的山羊宝宝,它长得漂亮极了,大家都夸它是个美丽的小姑娘。山羊宝宝每天都要换新衣服和新发型。大家看它这么爱美,就给它起了个贴切的名字叫"美美"。

一天,美美看到绵羊的毛卷卷的,觉得很漂亮。于是,它找小马理发师弄了一个和绵羊一样的卷卷毛。

这下它可高兴了。一会儿跑到绵羊群里和那些漂亮的母绵羊比美,一会儿又跑到山羊群里炫耀自己的新"毛型"。大家都夸它漂亮。

这天,美美正陶醉在赞美声中时,突然被一双手拦腰抱起来。原来是一位老婆婆。她的眼神可不太好,以为美美是只绵羊,抱着它来到剪羊毛的房间。老婆婆拿起剪刀,几下就把美美的毛剪下来了。可怜的美美变成了小秃羊。

瓜瓜脸红了

有个小朋友,他生下来的时候,胖墩墩、圆滚滚的,就像个西瓜。于是,爸爸妈妈便叫他瓜瓜,瓜瓜可爱吃西瓜了。

一天,天热极了,瓜瓜又要吃西瓜。妈妈拿出一个小西瓜,对瓜瓜说:"先吃这个,一会儿外婆要来,会给你带个大西瓜哩!"

瓜瓜拿起一块儿,咬了一口。哎,一点儿也不甜。他吃完一块儿,心里生着气,一甩手,把西瓜皮从窗口扔了出去,掉在胡同里的路上了。剩下的几块儿,瓜瓜也扔到了窗外。要是外婆真的带个大西瓜来,那该多好啊!于是他就趴在窗台上,一个劲儿地往胡同口望着。哟!来了个人,慢慢地走近了,是一位老奶奶。没错儿,是外婆来了。真的,还抱着一个大西瓜呢!

瓜瓜大声嚷嚷:"外婆,我来接你。"说完就连蹦带跳跑下楼。外婆听见了,心里一高兴,加快了脚步。走到垃圾箱旁边,不小心,一脚踩在西瓜皮上,滑了一跤,手里抱着的大西瓜摔了个粉碎。

瓜瓜出了门,看见外婆坐在地上,连忙跑去把她搀起来。他心想:该死的西瓜皮,哪个坏蛋扔的。咦,西瓜皮怎么这么小——坏了,这不就是他自己扔的吗?

瓜瓜吐了吐舌头,赶忙把摔破的西瓜扔到了垃圾桶里。

外婆见瓜瓜这么乖,就不停地夸他是个好孩子。瓜瓜的小脸红红的,他看了看外婆,一句话也说不出来。

127

天上掉松子

乐乐是个快乐的小刺猬,他住在一个大树洞里。

一天,乐乐突然想,要是我躺在院子里不用动就有吃的从天上掉下来,那该多好啊!正想得高兴时,突然,天上"噼噼啪啪"地往下掉东西。乐乐爬起来一看,好像是在下"松子雨"。这场"松子雨"让乐乐饱餐了一顿。

第二天,乐乐又躺在了院子里,他心想:"也许今天还会下一场'松子雨'呢。如果运气好,没准儿能遇到'苹果雨'呢。"可是等呀等,却一直也没有下。

乐乐正纳闷儿,一只小松鼠从树上探出头来:"小刺猬,你好,我是你的新邻居,昨天刚刚搬来。但愿我打扫房间时没有打扰到你。"

小松鼠又继续说道:"我不小心把一包发霉的松子掉到了树下,希望没有弄脏你的院子。"

后来,乐乐拉了一个星期的肚子。现在的他天天都认真地干活儿,再也不躺在院子里等天上掉松子了。

美丽的名字

　　从前有一只公鸡和一只母鸡。母鸡下了一个黄色的蛋,孵出一只黄色的小鸡,小鸡的爸爸妈妈管它叫小唧唧,一家人过着幸福的日子。

　　谁知天有不测风云,有一次,飞来一只凶恶的老鹰,把鸡妈妈叼走了,从此小唧唧成了没妈的孩子。后来,公鸡领来了另一只母鸡,名字叫科科。母鸡科科下了一个黑色的蛋,孵出一只黑色的小鸡,它说:

　　"我们得给这只小鸡取一个又美又长的名字。名字长,会吉祥一些,寿命也会更长些。"

　　于是它们给小黑鸡取了一个名字叫:我们的小姣姣蓝眼睛绿嘴壳红冠子飞毛腿机灵的脑袋乌黑的羽毛爸爸妈妈的小宝贝。名字可真是又美又长,害得家人和邻居花了老长的时间才记住。

　　两只小鸡在一起生活着。小黄鸡老得干活,而小黑鸡呢,谁也不撵它去干活。大家一想到要念这么长的一个名字,宁可叫小黄鸡小唧唧来得痛快省事。

　　"小唧唧,去弄点儿水来!"

　　"小唧唧,去挖几条蚯蚓来!"

　　"小唧唧,去捉些小虫子来!"

　　"小唧唧,把存的米晒晒!"

　　长名字的小黑鸡一天到晚只顾晒太阳,啥也不干。

　　有一回,一只狐狸溜进院子里,抓住了小黄鸡,公鸡爸爸忙叫道:

　　"小唧唧被狐狸抓着啦!"

129

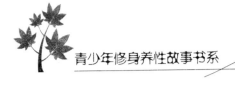
　　狗、猪和山羊闻声赶来追狐狸,狐狸吓得忙把小黄鸡放下跑掉了。

　　第二天,狐狸又来了,抓住了小黑鸡,被母鸡妈妈看见了,它忙叫喊道:"我们的小姣姣蓝眼睛绿嘴壳红冠子飞毛腿机灵的脑袋乌黑的羽毛爸爸妈妈的小宝贝被狐狸抓住啦!"

　　还没等它把这个啰嗦的、又长又美的名字说全,狐狸早已把小黑鸡拖跑吞吃了。结果小黑鸡就因为名字太长太美而落得个短命的下场。

百合姑娘

从前，有个叫庄武的青年，他每天天不亮就下地干活儿。汗水滴落到地里，竟长出了一株百合花。一天，从百合花里走出了一个姑娘，他们结为夫妻。两年过后，庄武逐渐懒惰起来。百合姑娘一气之下，离开了他。庄武悔恨极了，又开始起早贪黑地干活儿。

终于，在一天夜里，百合姑娘悄悄地回到了庄武的身旁。

半瓶醋的故事

有个人将一个装满醋的瓶子和一个装半瓶醋的瓶子挂在骡车边去赶市集。骡车一走动，半瓶醋就高兴极了，开始唱起歌来。

半瓶醋的歌虽然唱得不好，可兴致一来，就唱个不停，越唱越高兴。他得意地问满瓶醋："嘿!朋友!我唱得怎么样啊?"

满瓶醋一言不发。

"喂!我在叫你呢!你说话啊!"半瓶醋说。

满瓶醋依然没有说话。

半瓶醋不屑地说："真是笨呀!自己不会唱歌，又不懂欣赏别人唱歌!"半瓶醋又继续唱，这时，骡车经过了一个小山坡，半瓶醋停止唱歌，开始跳起舞来，为了表示自己的舞技高超，甚至还翻筋斗。

"哇!太好了!"半瓶醋大声叫起来。他又问满瓶醋："嘿!你会跳舞吗?你看我跳得美不美？"

满瓶醋还是一言不发。

半瓶醋长叹一口气："哎呀!真是没办法，不懂唱歌也就罢了，连跳舞也不懂得欣赏，你的人生又有什么意义呢?"

就这样，一路上半瓶醋又跳又唱，甚至因为太激动了，把瓶塞都冲掉了，不但泼洒在地上，瓶里还进了许多尘土。

满瓶醋沉默不语。

到了市集，农民把两瓶醋拿下来，他看见了半瓶醋："糟糕!怎么瓶塞掉了，只剩一点点醋，又进了尘土，干脆倒掉罢!"

于是，他把半瓶醋倒在地上，正要被尘土吸干时，半瓶醋还猛力地跳了几下，大声向满瓶醋呼救："嘿!兄弟，救救我呀!"

满瓶醋终于说话了："作为醋，只要做好调味的事情就完成了生命的意义，唱歌跳舞的事应该留给别人做呀!"

半瓶醋说不出来话，消失在尘土中。

你是别人的一棵树

有个人一生碌碌无为,穷困潦倒。一天夜里,他实在没有活下去的勇气了,就来到一处悬崖边,准备跳崖自尽。

自尽前,他号啕大哭,细数自己遭遇的种种失败挫折。崖边岩石上有一株低矮的树,听到这个人的种种经历,也不觉流下眼泪。人看到树流泪,就问它:"看你流泪,难道也同我有相似的不幸吗?"

树说:"我怕是这世界上最苦命的树了,你看我,生长在这岩石的缝隙里,没有吃的,没有喝的,终年营养不足;这里环境恶劣,我不能正常生长,现在变得丑陋无比;别人都以为我坚强无比,其实我是生不如死呀。"

人听完,不禁与树同病相怜,就对树说:"既然这样,为什么还要活着呢,不如我们一起死去吧!"

树想了想说:"死,倒是很容易的事,但我死了,这崖边就再没有其他的树了,所以我不能死。"

树接着说:"你看到我头上这个鸟巢没有?这个巢是两只喜鹊一起筑的,一直以来,他们在这巢里栖息生活,繁衍后代。我要是不在了,这两只喜鹊该怎么办呢?"

人听完树的话,忽然明白了些什么,就从悬崖边退了回去。

懂得付出

有一个人在沙漠中行走了两天，途中遇到了风沙暴。一阵狂沙吹过之后，他已认不得正确的方向。当快撑不住的时候，突然，他发现了一间废弃的小屋。那是一间不通风的小屋子，里面堆了一些枯朽的木材。他非常绝望地走到后院，却意外地发现了一架抽水机。

他兴奋地走上前去汲水，可是怎么抽也抽不出半滴水来。这个人失望地坐到地上，却发现抽水机旁有一个用软木塞堵住瓶口的小瓶子，瓶子上贴了一张泛黄的纸条，纸条上写着："你必须用瓶子里的水灌入抽水机才能引出水来。但是不要忘了，在你离开前，请再将瓶子装满水！"他急忙拔开瓶塞，发现瓶子里果然装满了水。但是，他的内心却开始进行了激烈地斗争。如果自私点，只要将瓶子里的水喝掉，他就不会被渴死，就能活着走出这间屋子；如果照纸条上说的做，把瓶子里仅有的水倒入抽水机内，万一水抽不出来，他就会被渴死在这个地方了……到底要不要冒险？

最后，他决定把瓶子里仅有的水，全部灌入那架看起来破旧不堪的抽水机里，然后用颤抖的双手汲水，水真的大量涌了出来！

他喝足水后，又把瓶子装满水，用软木塞封好，然后在原来那张纸条后面，加上了他自己的留言：相信我，真的有用，在取得之前，要先学会付出。

在困难面前多一分勇气

一个年轻人和一个老年人，分别在夜晚不同的时间里穿过一处阴森的树林，并且，大家都知道，树林中躲着几只恶狼。

老年人出发以前，别人劝他还是不去的好，可老人说："我已经与森林那边的人约好了，今晚无论如何要赶到。再说，反正我已经60多岁了，让狼吃了也没什么了不起。"

于是，老人走了，他准备了一根木棍，一把斧头，很快走进了森林。几小时后，当老人走出树林时，他已经筋疲力尽。灯光下，人们看见老人身上有许多血迹。

年轻人临行前，别人也同样劝他别去的好，年轻人犹豫了一下，他想：老人都去了，我要是退缩的话多没面子。于是，他学着老人的话说："我也已经与树林那边的人约好了，怎能不去呢？"接着又说："要是那老人和我一起走，该多好啊！毕竟两个人安全些。我还年轻，以后的日子还长着呢！"说这话的时候，年轻人因害怕而浑身发抖。

那晚他也走进了树林，但人们却没能见到他到达树林的那边。天亮的时候，人们只在那片树林里见到一堆新鲜的骨头。

人们都说两强相遇勇者胜，勇气与年龄无关。

脚印

小男孩的隔壁刚刚搬来一个新邻居。男主人发现以前的车道不是很平,便又重新用水泥抹了一遍。

这天,小男孩放学回来后,在门口踢球玩,他一用力,球被踢到了隔壁邻居家门前的草坪上。他赶忙跑过去准备捡回来接着踢。可是在经过邻居的车道时,他没注意就踩了上去,等他停下来时,平整漂亮的水泥地上已经留下了两个清楚的脚印。小男孩很害怕,他朝四周看了看,没有人,抱起球便溜回家了。

小男孩把鞋上沾的水泥洗干净后,坐在门口的台阶上。他心里总是感到不安,想来想去决定把这事告诉邻居伯伯。

他敲开邻居的门:“真对不起,刚才我不小心踩到您的水泥车道上了。”邻居和小男孩一起来到现场。看到小男孩留在车道上的脚印后,邻居伯伯并没有生气。他拍拍小男孩的肩膀说:“你做得很好。幸亏你现在告诉我,还来得及修补。如果你不告诉我的话,等到水泥干了,那你的两个小脚印就得一直留在上面了!你勇于承认错误,是个好孩子。”

甘甜的不只是井水

　　在通往某旅游区的路旁,住着一位心地善良的老人。老人有一口井,据说那口井打到了泉眼上,不仅水量充裕,而且特别地清澈、甘甜,来往的过路人喝一口他的井水,总忍不住要喝第二口。

　　在旅游的旺季,那些来自远方城市的大小车辆,总会在老人的小屋前停下来。那些游客中偶有一人喝了老人的井水,总会惊讶地大声地呼唤同伴快来品尝。

　　于是,众人就拥到老人的井旁,痛快地喝着井水,不住地赞叹,说那井水比他们随身携带的高级饮料还好喝,有的游客干脆倒了饮料,灌上井水;有的游客喝完觉得不过瘾,就向老人借个壶装上满满的一壶井水,带在身上。

　　老人看着那些城里人畅快地饮着井水,听着不绝于耳的赞美,心里美滋滋的,嘴里不断地让着:"好喝,就多喝点儿,这井水喝不坏肚子,还能治病呢!"

　　看老人如此热情,又听说井水还能治病,游客们喝得更来劲儿了。有不少人临走时,还没忘了用大壶小桶装得满满的,说带回去给家里人尝尝。

　　游客中有人就嬉笑说:"老人家,喝你的井水,你应该收费啊!"

　　老人就摇头:"喝点儿水,还收什么费呢?愿意喝,你们就管够喝。"

　　看到老人如此慷慨,很多游客就把身上带的好吃的、好喝的,争着、抢着往老人手里塞,说让老人品尝品尝他可能没吃过的城里带来的东西。

　　老人一再推让不得,就像欠了游客许多似的,忙着跑到园子里,摘些新鲜的瓜果塞到大家兜里，看着他们高高兴兴地吃着、喝着，他也兴奋得跟过年似的。

就这样，不知不觉过了好几年，老人和他的那口井不知接待了多少游客。

有一年，老人病了，被他的儿子接到县城里了，他的一个侄子来替他看屋。

游客又来喝井水了，他的侄子见此情景，觉得发财的机会到了，就灌了许多瓶井水，摆放在路口，标价出售。

奇怪的是，竟无人问津。

老人的侄子就埋怨：这些城里人真抠，光想不花钱喝水。游客们则议论纷纷：井水都拿来卖钱了，这人挣钱也真是挣绝了，再说他那瓶子干净吗？水里放别的东西了没有？

于是，老人的小屋前，再没了往年热闹的场面，人们下车也只是方便方便，没人去讨水喝，更没有人给老人的侄子送东西了。似乎人们忘了或根本不知道眼前还有一口清泉，那清澈、甘甜的井水，足以让人陶醉。

老人病好归来后，又开始免费供应井水，游客前来喝水的又渐渐地多了起来，游客们纷纷地给老人带来很多物品，有的还很贵重，老人推都推不掉，还有不少人真诚地邀请老人去城里做客……

道理就这么简单：一样清澈、甘甜的井水，慷慨地馈赠，得到的是真诚的感激和酬谢；而一味地贪图回报，则收获的是无端的怀疑和必然的冷落。如那句俗语所言"送人玫瑰，手有余香"，多给他人一些滋润，自己也必将得到滋润。

富足的体验

帕霍姆已经很富有了,但仍然不满足。为了得到更多的土地,他去向巴什基尔人买地。巴什基尔人的首领告诉他:"我们卖地不是一亩一亩地卖,而是一天一天地卖,在这一天时间里,你能圈多大一块地,它就都是你的了,但是如果日落之前你不能回到起点,你就一块土地也得不到。"

这天早晨,人们来到一个小山冈。

帕霍姆出发了,他大步往前走,每块地都很好,丢掉可惜。他就一直向前走去,直到看不见出发点才拐了弯。这时看看太阳,已到中午,天变得热起来。帕霍姆稍微休息了一会儿,吃了些干粮,喝了些水,又继续前进。天气热极了,而且他觉得困倦得很,但他仍不停地走着,心里想:忍耐一时,享用一世。

他往这个方向走了许多路,抬头望一望太阳,已经到了下午。"不行了,"他想,"只好要一块斜地,我得走直路赶回去。就要这么多,地已经够多的了。"

帕霍姆连忙做个标记,取直路朝山冈走去。他开始觉得吃力,身上出了许多汗,他很想休息一下,但是不能,怕日落前走不到终点。他看一看前方的山冈,又看一看太阳,终点还远,而太阳已经快到天边了。

帕霍姆继续这样向前走,他已经很吃力了,但是还在不断地加快步伐。帕霍姆又看看太阳,太阳已经到了地平线上,并且开始下沉,形成一个弯弓。他使出最后的力气向前冲去,两只脚好不容易跟上,使身体不致摔倒。帕霍姆一口气登上山冈。他两腿一软扑倒在地,两手伸出去够着了起点。

帕霍姆的雇工跑过去,想扶他站起来,而他口吐鲜血,已经死了。

生活对爱的最高奖赏

一个鞋匠,在这条街的拐角处摆摊修鞋有好多个年头了。

有一年冬天,他正要收摊回家的时候,一转身,看到一个孩子在不远处站着。看上去,孩子冻得不轻,身子蜷缩着,手已经冻裂了,耳朵通红通红的,眼睛直愣愣地盯着他,眼神呆呆的。

他把孩子领回家的那个晚上,老婆就和他怄了气。对于这样一个流浪的孩子,有谁愿意管呢?更何况,一家大大小小的几口人,吃饭已经是问题,再添一口人日子就更困窘。他倒也不争执,低着头只是一句话:"我看这孩子可怜。"然后听凭老婆劈头盖脸地骂。

尽管这样,这孩子还是留了下来。鞋匠则一边在街上钉鞋,一边打听谁家走丢了孩子。

两年多的时间过去了,并没有人来领这个孩子,孩子却长大了许多,懂事听话,而且也聪明。这家人逐渐喜欢上了这个孩子,家里即便生活非常困难,也舍得拿出钱来,为孩子买穿的和玩的。街坊邻居都劝他们把孩子留下来,老婆也动了心思。有一天吃饭,她对鞋匠说:"要不,咱们把孩子留下来。"鞋匠呆了半晌没说话,最后他把碗往桌上一丢:"贴心贴肉,他父母快想疯了,你胡说什么。"

鞋匠还是四处打听,他一刻也没有放松对孩子父母的找寻。他求人写下好多的启事,然后不辞辛苦地贴到大街小巷。风刮雨淋之后,他就重新再来一遍。甚至有熟人去外地,他也要让人家带上几份,帮他张贴。他找过报社,没有人愿意帮这个忙,电视台也没有帮助他的意思。他把该想的办法都

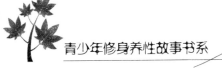

想了,心中只有一个念头:一定要找到孩子的父母。

终于有一天,孩子的父母找到了这个地方,他们只是说了几句感谢的话,就急匆匆地带着孩子走了。左右的人都骂孩子的父母没良心,鞋匠却没有计较多少。后来,一起摆摊的人都讥笑他,说他傻。他只是呵呵地笑,什么也不说。

生活好像真拿鞋匠开了玩笑,这之后便再没有了任何音信。后来,他搬离了那座小城,一家人掰着指头计算着孩子的岁数,希望长大了的孩子能够回来看看他,但是,也没有。再后来又数次搬家。然而直到他死,他也没有等到什么。

若干年后,有一个人因为帮助寻找失散的人而成了名,他在互联网上注册了一个关于寻人的免费网站。令人们惊奇的是,网站的名字竟然是鞋匠的名字。在网站显要的位置上,是网站创始人的"寻人启事",而他要寻找的,就是很多年以前,曾经给过流落在街头的他无限爱和帮助的一个鞋匠。

网站主页上,滚动着这样一句耐人寻味的话:当你得到过别人爱的温暖,而生活让你懂得了把这温暖亮成火把,从而去照亮另外的人的时候,不要忘了,这就是生活对爱的最高奖赏。

哭巴精丫丫

丫丫是个非常漂亮的小姑娘。但是,她却有一个坏毛病——爱哭鼻子。因此,幼儿园的小朋友都叫她"哭巴精丫丫"。一天,小朋友们都在玩具室里玩儿。丫丫最喜欢的洋娃娃被别的小朋友拿走了。她不高兴了,眼泪像断了线的珠子一样掉下来。丫丫哭得太厉害了。她的眼泪掉在地上,由一汪水变成了一条眼泪河,向外流去。小朋友们看到这么多水,都吓得哭起来。现在,幼儿园里一片哭声,小朋友们的眼泪掉到眼泪河里,河水更多了,流动的声音更大了:我爱哭!我是哭巴精!玩具室里的玩具都漂起来了。这时,洋娃娃漂到了丫丫面前。她看到洋娃娃,就拿起来,眼泪还没干就笑了。丫丫笑了,小朋友们也都笑了。大家一起唱:我爱哭,我是哭巴精!丫丫听了,小脸红扑扑的。从那以后,可爱的丫丫再也不哭了。

谁是最懒的人

有 4 个懒汉,天天什么都不干,就是比懒。

第一个懒汉说:"有一天,我在草地上睡觉,马吃光了我的头发,我都没管它。"

第二个懒汉不屑地说:"你有我懒吗?我身上的衣服都已经穿了 3 年了,从来没洗过。"

第三个懒汉说:"我才是最懒的人,我吃饭都懒得吃,还是我妈喂我,我才勉强吃点儿。"

第四个懒汉说:"那天,我一个人躺在路上。一辆卡车过来了。我实在是懒得动,就眼看着车从我腿上轧过去了。这样,我的腿就被轧断了……"

其他 3 人听了,一致认为第四个懒汉才是最懒的。

不要成为卑贱的人

歌德小时候一直不爱学习。他的父亲无论采用何种方式,小歌德仍然成天无所事事。为此,小歌德不知道受到了多少次的责骂,挨了多少次打。

一次偶然的机会,歌德的父亲见到了著名的人类学家福斯贝特·库勒。由于库勒博士非常热衷于教育,便对歌德父亲讲述了许多名人的教育情况。

库勒博士讲述的事情使歌德父亲深受启发,回家后便改变了对待孩子的态度,并采用了全新的教育方法。

他不再要求小歌德完全服从他的意愿,而是常常向他讲述历史上一些伟人的事迹,并告诉他伟人们在小时候都是热爱学习的孩子。就这样,小歌德对学习有了新的认识,在他的心目中形成了热爱学习与高尚、伟大相关联的概念。

有一天,歌德的父亲正在与友人谈论他们不久之前遇到过的一个流浪汉。当他发现小歌德就在不远处玩耍时,便故意提高了说话声:"听说那个流浪汉从小就不爱学习,整天游手好闲,认为不学知识照样能生活得很好。没想到,当他长大后想为自己找个出路时,已经太晚了。因为他什么都不懂,什么都不会,只能成为一个靠乞讨生活的卑贱的人。"

小歌德听到了父亲的话,突然感到了一种以前从未有过的震动。他想:"我应该做高尚的人还是卑贱的人呢?"

显然,小歌德愿意做一个高尚的人。因为第二天,小歌德表现出了以往从未有过的举动。他主动要求父亲教他学习知识,并不顾一切地拼命学习起来。

从那以后,刻苦的学习始终伴随着歌德的一生。最终,他达成了自己的愿望,成了一个令人尊敬的高尚的人。

自律者律人

很久以前,有一个牧羊人到山上放羊时,发现了一只孤零零的小狼,于是他就把小狼抱回家,希望能够把它训练成可以帮他牧羊的好帮手。

这只狼跟着牧羊人渐渐长大了。在牧羊人的管教、训练之下,它学会许多牧羊的技术,也常常帮牧羊人到山坡上放羊。因为有这样一个好帮手,牧羊人感到很欣慰。

牧羊人的邻居也是牧羊的,而且他家的羊又白又胖,还特别多。牧羊人羡慕极了,好想去偷,可是又怕被发现,迟迟不敢下手。

终于有一天,牧羊人对那只捡来的狼说:

"狼啊!我把你抚养这么大了,你还是为我做些我不能做的事吧。我很喜欢隔壁人家养的那些羊,你去替我偷几只回来好吗?"

这只狼非常听话地在半夜里跑去偷了两只小羊回来,牧羊人高兴得不得了,不断地称赞这只狼的聪明和勇敢。可是,没过几天,牧羊人却发现自己的羊也少了好几只,他非常生气地把狼找来质问:"我的羊是不是你偷走的?"

狼得意地回答说:"没错!是你教我如何偷窃的,因此,你也得小心你自己的羊,随时可能会被偷走。"

小狗看瓜田

西瓜熟了。老爷爷派小狗看守瓜田。狐狸想偷瓜吃,就来到小狗身边,装着很关心的样子让小狗休息。

小狗不为所动。狐狸又拿肉骨头诱惑他。小狗连连吞着口水,动了心,但他刚走出几步,又停下了:"不行,我得看瓜。"

狐狸的办法都用尽了,他只好灰溜溜地走了。

狼和猎人

猎人射杀了一只小公鹿,接着又射死了一只经过这里的小母鹿,两头鹿双双倒在草地上。收获颇丰,猎人应该满意了。

可是这时又出现了一头体格强健的野猪,这激起了猎人的贪心,因为他爱吃这种野味,于是地狱里又多了一个冤死鬼。不过这次巴赫克司命女神颇费了一番工夫才让猎人把这头野猪打倒在地。看来猎人的收获不少,不过一个征服者的贪欲是无法满足的。就在野猪还在垂死挣扎、向他反扑过来的时候,猎人又看到一只竹鸡沿着田埂走过。和刚刚射杀的三只猎物相比,这真算不了什么,但猎人还是不甘心地拉开了弓,瞄准了竹鸡。这时野猪使出死前的全部力量扑向猎人,咬死了他,然后自己也气绝身亡,倒在了猎人的身上,竹鸡当然得救了。

一只狼正巧路过这里,目睹了这血腥的场面,高兴地喊了起来:"啊!命运女神,我要为你建造一座圣殿。这是一批何等丰富的食物!这里躺着四具尸体,机会难得,我可得慢慢享用。我能整整吃上一个月,这太丰盛了。"狼接着数道:"一、二、三、四,一共四具,如果我没算错的话,他们足够我吃上整整四个星期。当然,还是省着吃吧。我先把这张弓的弦吃掉吧。这肯定是用肠子做的,这股气味一闻就知道了。"话音刚落,它就向那张张开的弓扑了上去,结果不慎踩发了那架在弓上的箭,一箭就要了它的命。

懒马的下场

农夫养着两匹马,其中一匹马很勤快,另一匹却干什么都偷懒。一天,农夫要把粮食运到镇上的粮店去卖,便分别用两匹马各拉一辆大车。勤快的马拉前面的一辆车,虽然大车很沉重,但它还是奋力地向前。而后面的马总是走一会儿就停下来不动了。农夫以为后面的马没力气,就把后面大车上的粮食搬了些放到前面的车上。

这时候,后面的马迈开轻松的步子对前面的马说:"你看你,很辛苦不是!使那么大劲儿干吗?你要是越努力,人家越是折磨你。你看我现在多舒服呀!"懒马说完哼起了小曲。前面的马没理它,依然很用力地拉着大车。

懒马越来越懒。过了一段时间,农夫把勤快的马拴在家里,只把它牵了出来,懒马心里还喜滋滋地以为主人带它去遛弯儿,没想到主人是带它去屠宰场。

回来时,主人的腰包里多了一锭银子。

老鼠嫁女

　　锣鼓敲起来,喇叭吹起来,老鼠家里办喜事,有个女儿要出嫁。老鼠爸爸觉得风很神气,便想把女儿嫁给风。

　　风说:"要是一碰到墙,我就被弹倒在地上,见了围墙我害怕。"

　　鼠爸爸就去找墙,墙说:"老鼠会打洞。老鼠来了我害怕。"

　　而老鼠怕猫,鼠爸爸就把女儿嫁给了猫。结果猫把老鼠女儿给吃了。

猴子和狐狸

猴子聪聪什么都好,就是不能听别人夸他。

一天,聪聪和狐狸佳佳一起出去玩儿。他们发现一间屋子的火炉里,煨着许多栗子。他们都想吃,但是都害怕被火烧到自己。

佳佳心里有了主意,清了清嗓子,对猴子聪聪说:"兄弟,我一直都很佩服你敏捷的身手!"聪聪受到恭维,觉得非常开心。

佳佳转了转眼珠儿,继续说:"今天可是你显示本领的时候,你能不能用手从火炉里把栗子取出来呢?"

听到佳佳这样说,聪聪觉得应该表现一下自己的身手。

于是他用爪子先把炉灰拨开,再缩回脚爪。这样连续几次,把栗子从炉灰中一颗颗取出来。聪聪在辛辛苦苦地取栗子,可佳佳却在一边偷吃。他们被女主人发现了,急忙逃跑。结果聪聪连一颗栗子也没吃到。

老子、儿子和驴子

在一个炎热的夏天，一位父亲带着儿子和一头驴走在墨西哥城肮脏的街道上。父亲骑在驴背上，孩子牵着驴。

"可怜的孩子，"一位过路人说，"瞧他的小短腿，怎能跟得上驴子的步伐呢？他父亲懒洋洋地骑在驴背，让孩子吃力地走，怎么忍心啊！"

父亲听见了，赶快从驴背上跳下来，让儿子骑上去。

可没走多远，又有一位过路人说："多丢人啊！这小兔崽子骑在驴背上，神气活现的，可他可怜的老父亲却在艰难地步行。"

这话深深刺伤了孩子的心，于是他请父亲也爬上驴背，坐在他后面。

"你们见过这种事吗？"一个女人叫了起来，"多残忍啊！这可怜的驴，背都压弯了，可这老饭桶和他儿子却悠闲自得地骑在上面，就像坐在软椅上似的——这可怜的生灵啊！"

这父子俩成了人们攻击的靶子。于是，爷俩儿二话没说，赶紧跳下驴背。

可没走几步，有个家伙就笑话起他们来了："感谢真主，我没这么愚蠢。为什么你们放着这头不驮东西的驴不骑，却用脚走路，哪怕骑上一个人也好啊！"

父亲听后对儿子说："不管我们怎样做，都会有人反对。我想，我们应该自己考虑考虑，到底怎样做才对。"

百灵鸟唱歌

百灵鸟唱起歌来可好听了,可她唱歌时,很害羞,总是低着头。

树林里的动物要开联欢会,小猴子去请百灵鸟来参加。

百灵鸟说:"那多难为情!我怕,我不去。"但在妈妈的鼓励下,她跟着小猴去了。

联欢会最后一个节目,就是百灵鸟唱歌。百灵鸟跳到台上,觉得很难为情,才唱了几句,就再也唱不下去了。

在回家的路上,她碰见了顽皮的小八哥,小八哥说:"百灵鸟,胆子小,歌唱一半就跑了。"百灵鸟羞得差点儿要哭出来了。

妈妈说:"不要紧,往后你多唱给大家听,胆子就会慢慢大起来。"

于是,百灵鸟天天练习唱歌。

夏天到了,树林里又要举行一次联欢会,百灵鸟又去参加了。

联欢会开始了,百灵鸟第一个上台表演。这次,她心里一点儿也不慌,唱的歌非常好听。大家都拍起手来,夸百灵鸟唱得好。

骄傲的大力士

在蚂蚁国里,蚂蚁一般只能拖动比自己身体重 500 倍的东西。有一个名叫达里的大力士,他竟能拖动比自己身体重 600 倍的东西。

一次,他居然从树丛里抱着一只死蜻蜓,走了 800 里。

当然这是按蚂蚁国的里程计算的。

还有一次更惊险。在蚂蚁国里有一个很大的仓库,里面装有各类食品。食品码放得比蚂蚁们高出十几倍!那天,蚂蚁们想把一块巧克力码上垛去。不知哪只蚂蚁不小心把垛碰倒了,垛顶一个大米包顺势落下来。在这千钧一发的时刻,小蚂蚁达里一步冲上前去,勇敢地用坚实的身躯顶住了米包。他高喊着:"快闪开!"直到蚂蚁们全部逃离险区,他才放下米包。蚂蚁们纷纷围上来,赞扬他的献身精神。

有一天,蚂蚁们要像人类那样,举行全国性举重比赛。

这下,达里可有展示自己的机会了。果然,达里取得了全国所有轻重量级的冠军。当他拿到金光闪闪的奖牌时,心里异常激动,感想特别多。以前我拖过蜻蜓,顶过落下的米包,费了那么大的力气,别人也只是用嘴夸两句而已。看来我应该注意节省力气,留着在重大比赛时用。从此,他再也不像以前那样卖力气地干活儿了。该他使力气的时候,不是装病,就是装样子。

当又一次全国性的举重比赛开始的时候,蚂蚁达里信心十足,抱着重拿冠军、再获奖牌的愿望走上比赛场。可是,万万没想到,冠军被平时最不起眼儿的、总是默默劳动的黑黑拿走了,而达里连去年纪录的一半也没达到。

小老鼠和大象

小老鼠捡到了一面哈哈镜。他往镜子前一站,看见了一个比自己大好几倍的大老鼠,小老鼠以为那就是自己,顿时骄傲起来。

一天,骄傲的小老鼠遇上一头大象。小老鼠问:"嘿,你就是大象?"大象没搭腔。小老鼠就冲大象叫了起来。大象吸满一鼻子水,朝小老鼠喷去。小老鼠被冲出老远,差点儿被呛死。

从此,小老鼠再也不敢骄傲自大了。

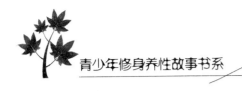

白鹅赶路

森林边上住着一只白鹅,他总是高傲地伸着长脖子,迈着方步。

一天,森林里举行联欢会。白鹅住的地方离举办联欢会的地方很远,他一大早便出发了,但还是不紧不慢地迈着方步向前走。

刚走出没多远,飞来一群小鸟,他们也是去参加联欢会的。看到白鹅慢慢腾腾地走,就对白鹅说:"你为什么不飞呢?不然你会迟到的。"

"我虽有翅膀,可从没练过飞。要知道在天空飞翔是很危险的啊!我还是这样走稳妥些,我一定不会迟到的。"白鹅不在乎地答道。

又有一只乌龟从河里游过,对白鹅说:"鹅先生,你的脚趾有蹼,为什么不下来游着过去呢?"

"我脚上有蹼又怎么样?河里那么危险,一旦碰上急流漩涡,不就完蛋了?我还是这样走保险些。"白鹅轻蔑地答道。他边说边踱着方步继续往前赶路。

"鹅大哥,你可以迈开大步跑快点儿呀!像你这样慢慢腾腾的,要走到何年何月啊!"又有一只小羊跑过来对他说。

"如果像你那样拼命地跑,说不定会被石头绊倒,还是我这样走最安全。"白鹅不高兴地答道。白鹅心想:像他们那样不稳妥,一定会有危险的,还是我这样慢慢地走更安全。

当白鹅走到联欢会会场时,看见所有的动物都往出走,因为联欢会已经结束了。

爱护树叶

小熊温尼在院子前种了一棵小树。夏天来了,许多小动物都来到院子里玩儿。有的动物使劲儿晃动小树,有的动物折树枝做凉帽,还有的动物竟然摘了许多树叶……

第二天,温尼发现小树已经连一片叶子都没有了。温尼只好又种了一棵小树,并且又立了一块牌子,上面写着:请您保护树上的每一片树叶。

157

狗熊种地

春天来了,狗熊开垦了一块荒地,他想:我一定要在地里种上最好吃的东西。可是什么最好吃呢?狗熊正想着,看到一只山羊向他走来,就问:"山羊兄弟,你的地里都种什么啦?""我种了菠菜。菠菜又鲜又嫩,可好吃啦!"

狗熊听了山羊的话,也在自己的地里种上了菠菜。

狗熊看到小兔的园子里种了萝卜,就问小兔怎么不种菠菜。小兔说:"我爱吃萝卜。萝卜脆生生、甜滋滋的。"

狗熊听了小兔的话,也想种萝卜。回到家后,他把菠菜全拔光了,种上了萝卜。

可是狗熊又听说猴子种了西瓜,就拔了萝卜种上了西瓜。

秋天到了,猴子瓜地里的西瓜熟了,小兔的萝卜也长大了,山羊的菠菜丰收了。狗熊呢,垂头丧气地坐在地里看着死掉的枯秧。

萤火虫之光

一天深夜,一位夫人在花园散步,欣赏美丽的夜色。一不注意,夫人戒指上的钻石掉入了草丛中。

钻石在黑暗的草丛里显得黯淡无光。附近的萤火虫嘲笑说:"你就是喜欢夸耀自己鲜亮夺目的钻石吗?你现在一身无光,你的光芒在哪里?你的骄傲在哪里?快点儿拿出来给我看看!"

钻石默默不语,其他的萤火虫也飞来凑热闹,而且嘲笑得更起劲儿了。

就这样过了一整夜。早晨太阳升起,阳光照射到草丛中时,钻石闪现出绚丽的光辉。而那些萤火虫受不了强光的照射,纷纷躲在树叶底下。

这时,钻石反问它们:"你们这些无知的小虫,只会在晚上卖弄小光芒,现在太阳的光辉如此耀眼,你们的光芒到哪里去了?"

钻石继续说:"我的光芒经得起太阳强光的考验,而且我透过阳光会显现出更耀眼的光泽,这些能力岂是你们这些小虫可以理解的!"

分西瓜

一个青年人非常渴望成功，于是他跑到富翁那里去询问富翁成功的秘诀。

富翁问清楚青年的来意后，什么也没有说，转身到起居室拿来了一只大西瓜。青年迷惑不解地看着，只见富翁把西瓜切成了大小不等的三块。富翁把三块西瓜放在青年的面前说："如果每块西瓜代表一定程度的利益，你会如何选择呢？"

青年眼睛盯着最大的那块说："当然是最大的那块了。"

富翁笑了笑说："那好，请用吧。"

富翁把最大的那块西瓜递给青年，自己却吃起了最小的那块。在青年还在享用最大的那一块西瓜的时候，富翁已经吃完了最小的那块。接着，富翁微笑着拿起剩下的一块，还故意在青年眼前晃了晃，然后大口吃了起来。其实，那块最小的和最后一块加起来要比最大的那一块大得多。

青年顿时明白了富翁的意思。

造福百姓的神农氏

　　上古时候,草药和百花开在一起,哪些草药可以治病,哪些花草有毒,谁也分不清。黎民百姓要是得了病也没有什么药可以治,只能等死。

　　看到这样的状况,人民的领袖神农氏非常着急。他想,花草中间有许多可以治病,我一定要把所有的可以治病的草药找出来。这样,人们就不怕生病了。

　　于是,神农氏率领了一些臣民,辞别了大家,准备到山上去尝遍所有的花草,找出可以治病的草药来。

　　一天,他们来到了一座大山上。这座山高耸入云,四面是刀切崖,崖上挂着瀑布,长着青苔,溜光水滑,看来没有登天的梯子是上不去的。除了神农氏,所有的人都被吓住了。

　　"我们还是回去吧!这样的山根本上不去啊。"他们劝说神农氏。

　　神农氏摇摇头:"不能回!百姓们还等着我们的草药救命呢。"

　　神农氏带着臣民,学着猴子攀登木架,终于上了山顶。一到山顶,神农氏高兴极了。哎呀!山上真是花草的世界,红的、绿的、白的、黄的,各色各样,密密麻麻,这里面肯定有很多可以治病救人的草药。于是,他叫臣民们防着狼虫虎豹,他自己则亲自采摘花草,放到嘴里尝。

　　白天,他在山上尝百草;晚上,他还不辞辛苦地把白天的结果详细记载下来:哪些草是苦的,哪些热,哪些凉,能治什么病,都写得清清楚楚。

　　就这样日复一日,神农氏掌握的能治病的草药知识越来越多,自己有时得了病也知道怎么治了。

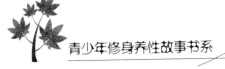

有一次,他把一棵草放到嘴里一尝,顿时感到天旋地转,一头栽倒。他明白自己中了毒,可是已经没有力气说话了。他使出最后一点力气,指着面前一棵红亮亮的灵芝草,又指指自己的嘴巴。臣民们慌忙把那红灵芝放到嘴里嚼嚼,喂到他嘴里。神农氏吃了灵芝草,才解了毒,恢复了健康。

像这样危险的事不止一次。每次臣民们都觉得太危险了,劝他还是回去吧。可是,每次他都摇摇头说:"不能回!黎民百姓病了无医无药,我们怎么能回去呢!"

传说他尝出了365种草药,写成了《神农本草》。这部书一直造福天下。

愚公移山的故事

古时候，冀州一带有个老人名叫愚公，他的家门正好面对着两座大山，这两座大山叫太行和王屋。由于这两座大山，他们出门到别的地方去要绕很远的路。于是，愚公将全家人召集到一起，共同商议解决的办法。愚公提议："我们全家人齐心合力，共同来搬掉屋门前的这两座大山，开辟一条直通豫州南部的大道，一直到达汉水南岸。你们说可以吗？"大家七嘴八舌地表示赞同。

愚公的老伴有些担心，她瞧着丈夫说："靠您的这把老骨头，恐怕连魁父那样的小山丘都削不平，又怎么搬得了太行和王屋这两座大山呢？再说啦，每天挖出来的泥土石块，往哪儿搁呢？"儿孙们听后，争先恐后地抢着回答："将那些泥土、石块都扔到渤海的边上和隐士的北边去不就行了？"

决心一定，愚公即刻率领祖孙三代人挑上担子，扛起锄头，干了起来。他们挖泥土、砸石块，用藤筐将这些泥土和石块运往渤海的边上。有个非常聪明的人叫智叟，他看到愚公率子孙每天辛辛苦苦地挖山，感到十分可笑，觉得他们一家真是太笨了，居然干这样的傻事。他劝阻愚公说："你也真是太愚蠢了！你怎么能搬走这两座巨大的山呢？你看看，这山变小了吗？"

愚公听后，长长地叹了一口气。他对智叟说："你的思想呀，真是顽固不化啊。当然，我的确是活不了几天了。可是，我死了以后有儿子，儿子又生孙子，孙子还会生儿子，这样子子孙孙生息繁衍下去，是没有穷尽的。而眼前这两座山却是再也不会长高了，只要我们坚持不懈地挖下去，还愁挖不平吗？"智叟无言以对。

当山神得知这件事后,害怕愚公每日挖山不止,便去禀告天帝。天帝听说了愚公立志要移山的故事后,也被愚公的精神感动了,于是就派两个大力神来到人间,将这两座山给背走了。从此以后,冀州以南一直到汉水南岸,就再也没有高山挡道了,愚公他们那里到别的地方的交通也很方便了。

向上帝借一双手

在 20 世纪 50 年代朝鲜战场上的一次惨烈的阻击战中,二十多岁的他永远地失去了双手,下肢从小腿以下也都被截去,特残的他变成了一个"肉骨碌",住进了荣军院。

看到自己成了处处需要照顾的"废人",他心情极为沮丧,绝望得几次企图自杀,但都没成功——那时,他连自杀的能力都没了。后来,在别人的讲述中、在影视作品中,他认识了奥斯特洛夫斯基、海伦·凯勒、吴运铎等一些中外钢铁战士,他们在残酷的命运面前那永不折腰的坚韧品性,深深地震撼了一度迷茫的他——原来,生命的硬度远在钢铁之上啊。

于是,他开始近乎自虐般地学习生活自理,在常人难以想象的跌跌撞撞中,他终于学会了照顾自己生活起居的本领,并毅然地告别了荣军院,回到了当时还很贫穷的沂蒙山老家。

不满足于能够做到生活自理的他,又拖着残躯,无数次的经历山上山下的摔打,带领着乡亲们开山修路、架桥引水、种树建果园……直到贫困的山村真正地富裕起来。他这个无手的村支书一当就是三十多年,乡亲们对他无比敬佩。

从村支书的位置上退下来后,不甘寂寞的他,为给后代留一份精神遗产,又开始艰难地写书——他用嘴咬着笔写字,用残臂夹着笔写字,用嘴、脸和残臂配合着笨拙地翻字典。写上几十个字,都要累得他浑身是汗。

从未上过学的他,仅仅在荣军院的习字班里学会了几百个字,虽说他后来一直在坚持读书看报,但文学素养几近于零。很多人都不相信他以那

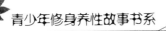

样的文化功底、那样的身体条件，还能够写作，许多知情者劝他别自讨苦吃了，可他写作的信心毫不动摇，他硬是花了三年多的时间，七易其稿，写成了连著名军旅作家李存葆都惊叹的撼人心魄的三十多万字的小说——《极限人生》。

他就是中国当代的保尔·柯察金——特残军人朱彦夫。

就像他的那部小说的名字一样，朱彦夫打破了人生的许多极限，创造了生命耀眼的辉煌。没有双手、双腿残疾、视力仅有 0.25 的他，硬是凭着顽强自立、自强的渴望，凭着挑战命运的坚忍不拔的执着毅力，感动了上帝，从上帝那里借来了一双书写奇迹的手，留下了人生闪光的一页。

其实，谁都可以像朱彦夫那样，只要信念在握，热情永不泯灭，虔诚地努力向上，上帝也会慷慨地借给你最需要的东西，让你无憾地拥有渴望的一切。

胡言乱语的国王

太阳国有个愚蠢的国王,平时说话很正常,但只要是有使者和外国大臣来访的时候,他就会胡言乱语。

一次,又有外国使者来访,国王要接待使者。这时,一个聪明的大臣提出建议说:"国王,我要从您坐的垫褥底下偷偷地穿一根线,一头系在您的脚上,一头攥在我的手里。如果您说的话没错,我就不动;假如您说错了,我就拉一下线,请您就立刻停止。"四位使者来了,国王迫不及待地向他们提问:"贵国的动物都很健康吗?"聪明的大臣一听,赶紧把线拉了一下,国王便住口不言语了。然后,聪明的大臣对使者们解释说:"我们国王的问话寓意深刻,他是指贵国人民安居乐业、牲畜满栏的意思。"这时,国王对聪明的大臣喊道:"我说出了这么寓意深刻的话,你为什么还拉线呢?"

167

上帝的烛台

上帝要从一些小孩儿里面挑选几个出来让他们成为天使。

他来到人间，给小孩儿一人一个神奇的烛台，叫他们保持烛台光亮，一尘不染，说只有这样烛光才会一直不灭，等过些日子后，他再来取回烛台，如果谁的烛台上的烛光没有熄灭的话，谁就能够成为天使。

孩子们很高兴，每天都小心又仔细地将烛台擦得很干净，他们期待着成为天使。日子很快过去，已经两个多月了，上帝还是没有出现。除了少数没有耐心的孩子的烛台灭了，大多数孩子的烛光仍然明亮。

有人说上帝会在第一百天时到来。到了这天，孩子们很早就怀着激动的心情等待着上帝的到来。可是，一直等到天黑，上帝也没有出现。很多孩子都说上帝是骗子，生气地把烛台扔进了树林里、水沟里。

又过了两个月，上帝还是没有来。孩子们每天在一起游戏、玩耍，不再去管烛台了。可是有一个被他们称为"笨笨"的小孩，依然坚持每天把烛台擦拭得干干净净。

在第二百天的时候，上帝来了，他来收回烛台并把天使带到天庭。其他的小孩儿又希望变成天使，纷纷找出烛台来，可是，无论如何也没办法点燃了。而"笨笨"的烛光一直未灭，所以只有她长出了一对洁白的翅膀，成为一位美丽的小天使。

点金石

点金石是一块小小的石子,它能将任何普通金属变成纯金。据流传久远的羊皮卷上说:点金石就在黑海的海滩上,和成千上万的与它看起来一模一样的小石子混在一起。

羊皮卷上还记载着另外一个秘密:真正的点金石摸上去很温暖,而普通的石子摸上去是冰凉的。有一个人不知道从哪里得到了这个秘密,他购买了一些简单的设备,在海边搭起帐篷,开始一个一个检验那些石子。

海滩布满了各种各样的石头,对此,他十分清楚和明智。一旦捡到的石子摸起来是冰凉的话,他就扔进大海里。

捡石头,扔石头,就这样重复干了一整天,他也没有摸到一块温暖的石头。但是他似乎并不气馁,依然坚持干了一个星期、一个月、一年、三年,可还是没有找到点金石。

点金石就像一颗希望之星,激发了他无限的热情,使他能继续这样干下去。捡起一块石头,是凉的,将它扔进海里;又去捡起另一块,还是凉的,再把它扔进海里。

终于,有一天上午,他捡起了一块石子,这块石子是温暖的……他随手就把它扔进了海里——他已经习惯于做扔石头的动作,以至于当他真正想要的东西到来时,他还是将它扔进了海里!

台上一分钟，台下十年功

　　一个国王听说有一位画家擅长水彩画，有一天他专程去拜访那位画家。"请你为我画一只孔雀。"国王要求说。

　　一年后，他再次登门拜访画家。"我订购的水彩画在哪儿?我曾经要你为我画一只孔雀。"

　　"你的孔雀就要画好了。"画家说。他拿出了画纸，不一会儿工夫就画了一只非常美丽的鲜艳的孔雀。国王觉得很满意，可是价钱却叫他吃惊："就那么一会儿工夫，你看来毫不费力，轻而易举地就画成了，竟要这么高的价钱?"

　　于是画家领着国王走遍他的房子，每个房间都放着一堆堆画着孔雀的画纸。画家说："这个价钱是十分公道的，您看起来不费力、似乎简单的事情，却花费了我很多的时间和精力，为了在这一会儿给您画这只孔雀，我可是用了一整年的时间准备哩!"

穷人的习惯

一个穷人很穷,一个富人见他可怜,就起了善心,想帮他致富。富人送给他一头牛,嘱咐他好好开荒,等春天来了撒上种子,到了秋天就可以远离那个"穷"字了。

穷人满怀希望开始奋斗。可是没过几天,牛要吃草,人要吃饭,日子比过去还难。穷人就想,不如把牛卖了,买几只羊,先杀一只吃,剩下的还可以生小羊,长大了拿去卖,可以赚更多的钱。

穷人的计划付诸实施了,只是吃了一只羊之后,小羊迟迟没有生下来。日子又艰难了。他忍不住又吃了一只。穷人想,这样下去不得了,不如把羊卖了,买成鸡,鸡生蛋的速度要快一些,鸡蛋立刻可以赚钱,日子立刻可以好转。

穷人的计划又付诸实施了,但是穷日子并没有改变,他又忍不住开始杀鸡,终于杀到只剩一只鸡时,穷人的理想彻底崩溃了。他想,致富是无望了,还不如把鸡卖了,打一壶酒,三杯下肚,万事不愁。

很快春天来了,发善心的富人兴致勃勃送来种子,他却发现穷人正就着咸菜喝酒,牛早就没有了,房子里依然一贫如洗。

富人转身走了。穷人当然一直穷着。

很多穷人都有过梦想,甚至有过机遇,有过行动,但要坚持到底却很难。

美丽的心灵

有个女孩长得很平凡,学习也很一般,歌唱得也不好,更不会跳舞。她经常看着镜子中的自己叹息,恨上天对自己的不公平。升入中学后她更加沉默,看着别的同学又唱又跳,口才也那么好,她总是躲在角落里用自卑把一颗心紧紧地困住。

她学习很努力,成绩却很一般,为此她不知偷偷哭过多少次。班上的同学没有人注意她,下课时别人都去操场上玩去了,她便去把黑板擦得干干净净,把地面扫得一尘不染。夏天时,她细心地在地上洒上水;冬天时,她把门口和教室里大家带进来的雪扫净,免得同学们进来时滑倒。没有人注意到她所做的一切,她也不想让别人知道,只是觉得自己应该这么做。

可是有一次同学们却都注意到了她。那天她迟到了,当她来到班级时,班主任的课已讲了一半。当她怯生生地喊了一声"报告"走进教室时,同学们的目光都投到了她身上,随即教室里响起了一阵笑声。原来她的衣服很零乱,头发也梳得不整齐,一看就知道是起晚了胡乱穿上衣服就赶来了。她低着头站在那里,眼泪都快流出来了,班主任老师走过去帮她整了整衣服,微笑着说:"快回到座位去吧,课已讲了一半了,如果听不明白下课后找我。"她回到座位上,脸红红的。

有一次开班会,老师让大家说一下自己的特长。于是每个人都兴奋起来,轮流发言,有的唱歌好,有的跳舞好,有的会书法,有的能画画,有的会弹钢琴。她坐在那里静静地听着,脸上带着羡慕的微笑。忽然,老师叫了她的名字。她一惊,红着脸站起来小声说:"老师,我没有特长。"老师走到她的身旁,轻轻地抚摸她的头,对大家说:"你们也许不会注意到,平时是谁在课间把地面扫得干干净净,是谁每天早早地来到教室把每张书桌擦得一尘不染。这就是艾河同学,她一直默默地做着这一切。有一次她迟到了,你们还嘲笑她,你们知道那次她为什么迟到吗?她帮一位老大妈把一袋大米搬上了四楼啊!你们一定奇怪我是怎么知道的,那个老大妈就是我的邻居啊!同学们,你们都有各方面的才华,艾河同学却没有,可是她有一颗美丽的心,美丽的心灵也是特长啊!"教室里响起了一片热烈的掌声,大家第一次发现,这个平时没人注意的女孩原来竟是这样美丽。

"我只写了几个音符"

这是贝多芬的歌剧《费德里奥》举行最后一场预奏。尽管天气寒冷,还是有那么多的人赶来,音乐是迷人的,大家很快就陶醉了。突然,有人发现怎么演员和乐队老合不到一块儿!台上的演员怒目圆睁,可乐队确实是按指挥棒在进行。"见鬼!重来。"乐队停下重新开始,仍然是一片混乱。

人们议论纷纷。

这时,担任指挥的贝多芬呆呆地站在指挥台上,莫名其妙地看着骚动的乐队,想从那一张张神情不安的脸上猜出症结所在,可大家都不做声,没有人忍心对这位可怜的指挥说:"走开吧,你这个聋子!"然而贝多芬还是明白了。他突然扔掉指挥棒,一口气跑回家中,倒在椅子上,沉默了很久。在世界著名的音乐家中,大概没有一个人的命运比贝多芬更坏的了。

他的耳聋始于28岁时。先是耳朵日夜作响,接着听觉一天天衰退。头几年他还瞒着别人,躲避一切交际,甚至最心爱的人。到1801年,他在戏院里已必须坐在第一排才能听见演员的歌声。第二年,他去野外散步,便再也听不见农夫的笛声了……

《费德里奥》预奏指挥失败两年后,即1824年5月7日,贝多芬的《第九交响曲》在维也纳首次上演,这是贝多芬艺术生涯中最辉煌的作品,仍然由他亲自担任指挥。演奏结束时,观众的掌声、欢呼声久久回荡在剧场上空,也不知有多少人流下了激动的眼泪。然而,贝多芬丝毫没听见观众的喝彩声,直到女歌手温葛尔从乐队里走出来,把他面向观众时,他才明白是怎么回事。终场后他感动得晕了过去。

谁也没想到,这竟是贝多芬最后一次出现在观众面前。

　　贝多芬的一生是悲惨的,世界不曾给过他欢乐,他却创造了欢乐给予世界。而临终时,他口中仍这样感叹:"唉,我只写了几个音符!"

老人与黑人小孩

一天,几个白人小孩儿在公园里玩。这时,一位卖氢气球的老人推着货车进公园。白人小孩儿一窝蜂地跑了上去,每人买了一个气球,兴高采烈地追逐着飞的气球跑开了。白人小孩儿的身影消失后,一个黑人小孩儿怯生生地走到老人的货车旁,用略带恳求的语气问道:"您能卖给我一个气球吗?"

"当然可以,"老人慈祥地打量了他一下,温和地说,"你想要什么颜色的?"

他鼓起勇气说:"我要一个黑色的。"

脸上写满沧桑的老人惊诧地看了看这个黑人小孩,随即递给他一个黑色的气球。

他开心地接过气球,小手一松,气球在微风中冉冉升起。

老人一边看着上升的气球,一边用手轻轻地拍了拍黑人小孩的后脑勺,说:"记住,球能不能升起,不是因为它的颜色,而是因为气球内充满了氢气。"

我的未来不是梦

蒙迪·罗伯特是美国犹他州一所中学的学生,他出身贫寒,但性格乐观向上。

一天,老师比尔·克利亚给大家布置了一份作业,要求孩子们就自己的未来理想写一篇作文。

蒙迪·罗伯特回家后,兴高采烈地开始写自己的梦想。他用了整整半夜的时间,写了 7 大张,详尽地描述了自己的梦想。在作文中他写道:"我梦想将来有一天拥有一个牧马场。"蒙迪·罗伯特把自己梦想中的牧马场描述得很仔细,甚至画下了一幅占地 200 英亩的牧马场示意图,有马厩、跑道和种植园,还有房屋建筑和室内平面设计图。

第二天他兴冲冲地将这份作业交给了克利亚老师。然而作业批回来的时候,蒙迪·罗伯特伤心地看到:老师在第一页的右上角打了个大大的"F"(差)。

蒙迪·罗伯特觉得自己的功课完成得很出色,他想不通为什么只得了个"F"。下课后蒙迪去找老师询问原因。

克利亚老师认真地说:"蒙迪,我承认你的这份作业做得很认真,但是你的理想离现实太远,太不切实际了。要知道你父亲只是一个驯马师,连固定的家都没有,经常搬迁,根本没有什么资本。而要拥有一个牧马场,得要很多的钱,你能有那么多的钱吗?"

克利亚老师最后说:"如果你愿重新做这份作业,确定一个现实一些的目标,我可以考虑重新给你打分。"

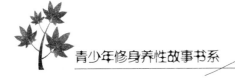

蒙迪拿回自己的作业,去征求父亲的意见。父亲摸摸儿子的头说:"孩子,你自己拿主意吧,不过,你得慎重一些,这个决定对你来说很重要!"

蒙迪考虑了一晚上,他决定坚持自己的梦想,即使老师给的成绩是"F"。

从此以后,蒙迪一直保存着那份作业,本子上刺眼的"F"激励着蒙迪一步一个脚印不断地迈向自己的创业征程。后来蒙迪·罗伯特终于实现了自己的梦想。

若干年后,克利亚老师带着他的 30 名学生去参观一个占地 200 多英亩的牧马场,当登上一座面积达 4000 平方米的建筑时,他发现,牧马场的主人就是曾经被他评价为梦想太不切实际的蒙迪。

瘸腿小男孩的梦想

有个小男孩因患脊髓灰质炎而留下了瘸腿和参差不齐的牙齿,他认为自己是世界上最不幸的孩子。没有同学愿意和他一起游戏玩耍,老师叫他回答问题时,他也总是低着头一言不发。春天来了,小男孩的父亲买回来一些树苗,想把它们栽在屋前。他把孩子们叫过来,让他们每人栽一棵,并对他们说,谁栽的树苗长得最好,就给谁买一件礼物。小男孩也想得到父亲的礼物,可是看到兄妹那蹦蹦跳跳提水浇树的身影,他却希望自己栽的那棵树早日死去。因此,在浇过一两次水后,他就再也没去管它了。

可过了几天小男孩惊奇地发现,他种的树不仅没枯萎,还长出了几片新叶子,与其他的树相比,显得更嫩绿,更有生气。

小男孩的父亲给他买了他最喜爱的礼物,并对他说,从他栽的树来看,他长大后一定能成为一个出色的植物学家。

渐渐地,小男孩不再自卑,开始变得乐观向上起来。

一个月光皎洁的晚上,小男孩躺在床上睡不着,忽然想起生物老师曾说过的话:植物一般都在晚上生长。去看看自己的那棵小树是怎样生长的?当他轻轻地来到院子里时,却看见父亲在向自己栽种的那棵树做着什么。他一切都明白了,原来父亲一直在偷偷地为自己栽种的那棵小树施肥!小男孩看着父亲,泪水不知什么时候流出眼眶……

那瘸腿的小男孩最终没有成为一个植物学家,但他却成了美国总统。他的名字叫富兰克林·罗斯福。

诚实的孩子

在华盛顿举办的美国第四届全国拼字大赛中,南卡罗来纳州冠军——11 岁的罗莎莉·艾略特一路过关,进入了决赛。当她被问到如何拼"招认"(avowal)这个字时,她轻柔的南方口音,使得评委们难以判断她说的第一个字母到底是"A"还是"E"。

评委们商议了几分钟之后,将录音带倒后重听,但是仍然无法确定她的发音是"A"还是"E"。解铃还得系铃人。

最后,主评约翰·洛伊德决定,将问题交给唯一知道答案的人。他和蔼地问罗莎莉:"你的发音是 A 还是 E?"

其实,罗莎莉根据他人的低声议论,已经知道这个字的正确拼法应该是 A,但她毫不迟疑地回答,她发音错了,字母是 E。

主评约翰·洛伊德又和蔼地问罗莎莉:"你大概已经知道了正确的答案,完全可以获得冠军的荣誉,为什么还说出了错误的发音?"

罗莎莉天真地回答说:"我愿意做个诚实的孩子。"

当她从台上走下来时,几乎所有的观众都为她的诚实而热烈鼓掌。

第二天,有一篇报道这次比赛的短文,叫《在冠军与诚实中选择》。短文中写道:罗莎莉虽没赢得第四届全国拼字大赛的冠军,但她的诚实却感染了所有的观众,赢得了所有观众的心。

珍惜每一分钟

深夜,危重病房里,癌症患者迎来了他生命中的最后一分钟,死神如期来到他的身边。

隔着氧气罩,他含糊地对死神说:"再给我一分钟,好吗?"

死神问:"你要这一分钟干什么?"

他说:"我要用这一分钟,最后一次看看天,看看地,想想我的朋友和敌人,或者听一片树叶从树枝上落到地上的那一声叹息;运气好的话,我也许还能看到一朵花儿的美丽盛开……"

死神说:"你的想法不坏,但我不能答应你。因为这一切,我都留了时间给你欣赏,你却没有珍惜。在你的生命中,我从来没有见过你像今天这样珍惜一分钟。不信,你看一下我给你列的这一份账单。

"你60年的生命中,你有一半时间在睡觉,这不怪你,这30年权且算是我占了你的便宜。在余下的30年中,你叹息时间过得太慢的次数一共是1万次,平均每天一次,这其中包括你少年时代在课堂上、青年时期在约会的长椅上、中年时期下班前和壮年时期等待升迁的仕途上的叹息。在你的生命中,你几乎每天都觉得时间太慢,太难熬,你也因此想出了许许多多排遣无聊、消磨时间的办法,其明细账大致可罗列如下——

"打麻将(以每天2小时计),从青年到老年,你一共耗去了6500小时,折合成分钟是39万分钟。

"喝酒,每顿以1小时计(实际远非这个数),从青年到老年,也不低于打麻将的时间。

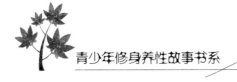

"此外,同事之间的应酬,上班时间闲聊,上网玩游戏,又耗去你不低于打麻将和喝酒的时间……

"还有……"

死神想继续往下念的时候,发现病人的生命之火已经熄灭了,于是长叹一口气说:"如果你活着时,能想着节约一分钟的话,你就可以听完我给你记下的账单了。真可惜,我辛辛苦苦地工作又白费了,世人怎么都是这样,总等不到我动手,就后悔得死了!"

有的人,在拥有时间的时候不懂得珍惜,等到光阴耗尽,年华老去,回想起被虚度的岁月,才摇头叹息,悔恨自己以前没好好珍惜时间。可惜的是,生命只有一次,永远不会重来。所以,我们应该好好珍惜每一分一秒,让生命的每一分钟都无比精彩。

浪费了谁的时间

上大学时,我们的体育老师是一个典型的"70后",戴宽边眼镜,喜欢Hip—hop,说话时不时夹几句英文。冲着他的帅气和幽默,许多女生都选了他教的街舞课,我也不例外。不过这并不是全部原因,我们都打着自己的小算盘:一个只知道嘻哈的小老师一定不会要求太严的,体育课从此就轻松多了。正式上课后,我们才发现自己大错特错了!他会充分利用上课的每一分钟,不停地热身、跳舞,让我们叫苦不迭。可没办法,谁让自己大意了呢!

有一次街舞课,一向激情四射的他居然沉默不语,上课后也没有像往常一样把我们集合起来,而是在操场的周围徘徊着,似乎我们的课程与他无关。我们心里偷乐:嘿!肯定是失恋了!谁让你平时对我们那么严格,现在伤心了吧!没多久,几乎所有人都开始肆无忌惮地聊天,更有甚者直接溜出了操场。

半个小时后,他集合了剩余的人,说了一段足以让我铭记终生的话。

"你们肯定会奇怪为什么今天我没有像往常一样组织大家上课。不少人偷偷观察我的反应。其实,我也在注意着你们。我没有组织上课的时间里,你们完全可以自己复习学过的动作,哪怕只是热热身也好。可上课5分钟后,有人开始窃窃私语;10分钟后,你们中的大部分高声谈笑;20分钟后,有人干脆离开了这里。你们觉得很开心,因为紧凑的体育课上有了难得的半小时的休闲时刻。只是,我想问问诸位,你们究竟浪费了谁的时间?

"现在我提一个问题:谁知道大学里一节课要多少钱?"

我们一个个目瞪口呆。真的,上大学一年半了,还真没算过这笔账。

他看着我们茫然的表情，摇摇头，继续说："我帮你们算算吧！上大学的所有费用加起来，平均到每节课里，你们每个小时需要付费 40 元人民币。很多人羡慕国外的教学氛围，认为那里宽松、自由。可自由并不代表松懈！国外的学生确实可以在课上吃东西，但他们是为了把吃饭的时间节省下来，去做类似查资料做课题等更重要的事情。我不反对你们在大学里逃课、打工、恋爱，但在你们扬扬自得的时候，我建议你们问问自己，究竟浪费了谁的时间？

"一位著名的大学教授曾说过：'大学就像一道甘泉，极少的人开怀畅饮，更多的人悠然吮咂，绝大多数人只是漱漱口。'我希望我的学生都是开怀畅饮的人……"

我被深深震撼了。就在我们为逃课没被点到名而庆幸的时候，就在我们为打零工挣到零花钱而得意的时候，就在我们为恋爱中的鸡毛蒜皮吵得不可开交的时候，时间就这样轻易溜走。我们以为大学是供我们尽情放纵的天堂，却在麻痹中遗失了人生最为宝贵的东西。

还好那节课我没有提前走掉，还好我及时听到了老师的话。每当我在暂时的安逸中迷失自我的时候，都会有一个声音在我耳边响起：你究竟浪费了谁的时间？

小时候，我们盼望着长大，希望从此不用上学，长大后才后悔小时候没好好学习。以至于现在什么也不懂，这时候才发现，原来我们浪费了一生中最宝贵的时光。与其花大量时间去玩耍，为什么不把时间用来好好充实自己，让自己变得更棒呢？

沙漏

朋友买了一个沙漏，很精致。我说沙漏放在客厅的工艺架上肯定很有格调。朋友说：我可不是把它当做工艺品买来的，而是为了给自己一点压力。他解释说：自己参加了自学考试，可是根本没时间看书，就准备把这个沙漏放在书桌上，用它来衡量时间。看着沙子慢慢在流，你就会想着时间是一去不复返的，就会珍惜时间，就会关了电脑游戏，回绝朋友无关紧要的聚会。

我说这个主意真好，我也想买一个，在哪儿买的？他说在小商品市场最靠边的一个摊位，他是跑遍了整个市场才找到的。朋友和我站在街上讨论那个沙漏，最后提议：我们到前面的那个冷饮店坐一会儿。

到了冷饮店，朋友取出了笔，撕了一张报纸，在报纸上给我画了草图，标出了那个摊位的方向。然后我们开始享用一大杯冷饮。外面的阳光很猛，里面的空调很足，所以我们都不约而同地多坐了一会儿。

除了沙漏，我们还在冷饮店谈了各自的工作、儿子和房价的话题，之后才告别。出门的时候，朋友看了看表。大呼一声：都5点了，坏了，今天轮到我接儿子。他拦了一辆的士，一阵风似的走了。

我一下子醒悟过来，站在那里，觉得不可思议，我们热烈地谈沙漏、谈时间的宝贵，可两人却在冷饮店里坐了一个多小时，谈了那么多的废话。

沙漏原来不在于你买不买它，而在于你自己是否是一个懂得珍惜时间的人。

真正懂得珍惜时间的人，应该让自己的每一分钟都有所获得。与其在事情过去之后后悔自己不懂珍惜，不如在平日的一点一滴中把握住每一分钟。"少壮不努力，老大徒伤悲。"真正惜时如金的人靠的是平日养成的好习惯来时刻提醒自己。

零散时间中的奥秘

卡特·华尔德曾经是美国近代诗人、小说家和钢琴家爱尔斯金的钢琴教师。有一天,他给爱尔斯金教课的时候,忽然问他:"你每天要练习多长时间钢琴?"

爱尔斯金说:"每天三四个小时。"

"你每次练习,时间都很长吗?是不是有个把钟头的时间?"

"我认为这样才能提高水平。"

"不,不要这样!"卡特说,"你长大以后,每天不会有多长时间的空闲的。你要从现在就开始养成习惯,一有空闲就几分钟、几分钟地练习。比如,在你上学以前,或在午饭以后,或在工作的休息余闲,5分钟5分钟地去练习。把练习时间零散地分散在一天里面,如此,弹钢琴就成了你日常生活中的一部分了。"

当时,14岁的爱尔斯金对卡特的忠告虽未能完全理解,但还是按照忠告做了。后来,爱尔斯金回想起来觉得卡特的话真是至理名言,并且他从中得到了不可估量的益处。

当爱尔斯金在哥伦比亚大学教书的时候,他想兼职从事创作,可是上课、看卷子、开会等事情似乎把他白天和晚上的时间完全占满了。差不多有两个年头,他一直不曾动过笔,他的借口是:"没有时间。"后来,他突然想起了卡特·华尔德先生告诉他的话。到了下一个星期,他就把卡特的话实践起来,只要有5分钟左右的空闲时间,他就坐下来写作一百字或短短的几行。

出乎意料的是,在那个星期结束的时候,爱尔斯金竟写出了相当多的稿子。

后来,他同样用这种聚沙成塔的方法,进行了长篇小说的创作。虽然学校给爱尔斯金的教学任务一天比一天重,但是他每天仍有许多短短的余暇可以利用,他仍然一边练琴一边写作,最后取得了骄人的成绩。

鲁迅先生说,时间就像海绵里的水,只要你愿意挤,总能挤得出来。如果每天都能挤出几分钟来做一些我们平常认为没有时间做的事情,比如读一些好书,写一写日记,日积月累,我们一定能有意想不到的收获。

每一天都是特别的日子

多年前,理查德跟悉尼的一位同学谈话。那时,同学的太太刚去世不久,他告诉理查德说,他在整理他太太的东西时,发现了一条丝质的围巾,那是他们去纽约旅游时,在一家名牌店买的。那是一条雅致、漂亮的名牌围巾,高昂的价格卷标还挂在上面,他太太一直舍不得用,她想等一个特殊的日子才用……

讲到这里,他停住了,理查德也没接话,好一会儿后,同学说:"再也不要把好东西留到特别的日子才用,你活着的每一天都是特别的日子。"

以后,每当想起这几句话时,理查德常会把手边的杂事放下,找一本小说,打开音响,躺在沙发上,抓住一些自己的时间。理查德会从落地窗欣赏淡水河的景色,不去管玻璃上的灰尘;他会拉着太太到外面去吃饭,不管家里的饭菜该怎么处理。

生活应当是我们珍惜的一种经验,而不是要挨过去的日子。

理查德曾将自己的感悟与一位女士分享。后来见面时,她告诉他,她现在已不像从前那样,把美丽的瓷具放在酒柜里了。以前她也想着把珍贵的东西留到特别的日子才拿出来用,后来发现那一天从未到来。"将来"、"总有一天"已经不存在于她的人生字典里了。如果有什么值得高兴的事,有什么得意的事,她现在就要听到,就要看到。

在生活中,很多人常想跟老朋友聚一聚,但总是说"找机会"。

很多人常想拥抱一下已经长大的小孩,但总是等适当的时机。

很多人常想写信给另外一半,表达浓郁的情意,或者想让他知道你很佩服他,但总是告诉自己不急。其实,每天早上我们睁开眼睛时,都要告诉自己这是特别的一天。每一天、每一分钟都是那么可贵。

迟到是一种病

做班主任的时候，我发现班上有两个学生几乎"买断"了迟到。雨天迟到，晴天也迟到；有了不高兴的事迟到，有了高兴的事也迟到。我跟他们说："我非把你们这毛病改过来不可！我就不信这个邪！"我让他们写"保证书"，如果谁再迟到就罚做一周的卫生；我找他们的家长，希望得到他们的积极配合；我煞费苦心地在早晨5点40分就带着他们到学校旁边的牛肉面摊上去，让卖板面的师傅亲口告诉他们说："我每天早晨5点以前必须起床，准备出摊，风雨无阻。"……总之，我用尽了所有的办法，想要把他们迟到的毛病改正过来。但是，我发现我并没有获得真正的成功，因为在他们刚有了进步不久班级就换了班主任，而新班主任很快就发现了班上有两个"迟到专业户"。

现在，我的这两个学生都已经不再是学生了。不久前，我得知其中一个人下了岗，另一个人在单位混得很差。作为深谙他们性格缺点的老师，我为他们人生的失意感到难过，也巴望着通过对他们以及他们难以作别的"迟到"的审视与挞伐，使更多的人及早警醒，向"迟到"宣战，全力捣毁这个有可能带来"溃堤"之患的蚁穴。

只要你留意观察，你就会发现，在我们的身边，总有一些喜欢迟到的人。认真分析这些人，你会发现他们有着以下的一些特点：

一、迁就自我。人都是有惰性的，优秀的人总是设法去战胜自身的惰性，而习惯于迟到的人却一味地怜悯自己，姑息自己——多赖一会儿床，磨蹭着做一件事，他心底有个他自己都不愿意承认的声音："总要等到迟到才好啊!"他是一个善于向自己妥协的人,时间的标尺被他机巧地换成了疲沓的松紧带。他生命的血性与锐气就在一次次迟到中磨损,直至必然地走向失败。

二、投机心理。最初的迟到,可能也伴随着愧疚与自责,但后来,投机与侥幸的心理越来越严重。昨天迟到遭到了斥责,今天,他会怀着一种可笑的心态哄骗自己说:"今天未必会给抓到吧?"这样的心态,还必然扩大到其他方面—做事,爱耍偷梁换柱的伎俩;做人,爱玩瞒天过海的把戏。

三、责任感缺失。人活在世上,首先应该对自我负责—对自我的形象负责,对自我的成败负责,对自我的人生负责。惯于迟到的人,不愿意担负起这份责任。他钟情于摆脱了责任后的那种轻松自在。尽管他明白"习惯性迟到"终将使他"尊严扫地",但他宁愿要这样一个结局,也不愿意让"责任"压痛自己的肩膀。这样的人,永远难担大任。

看,迟到是一种多么可怕的疾病!

人生本是不可以迟到的。学生时代的迟到,是知识在你心灵的迟到;职业生涯中的迟到,是成功在你人生中的迟到。时间在你的腕上,时间在你的眼中,时间更在你的骨子里、心里。既然一定要奔赴一个目标,为什么不早一些出发?"成功"是一个大步流星的行者,你必须拼命与时间赛跑,才可能撵上它。别让迟到缠上你,别让人从你一次次的迟到中读出你的慵懒疲沓,你的冥顽荒唐,你的庸碌无能。

记着,只有早于朝阳启程,才能够拥抱日出,才能够拥有朝阳般的人生。

谢谢你的时间

　　杰克上一次见到贝尔瑟先生,已经是几年前的事了。上大学、谈恋爱、工作……这些都占去了杰克太多的时间。在忙碌的生活中,杰克无暇回想自己的过去,也没有时间陪妻子和儿子。他在为自己的将来努力奋斗,任何其他的事情都显得无关紧要。

　　杰克的母亲来电话了。"贝尔瑟先生昨晚去世了,葬礼定在这周三。"

　　杰克静静地坐着,陷入回忆中,童年时光如老电影一般在脑海中一幕一幕闪过。

　　"杰克,你在听吗?"

　　"嗯,妈妈,在听呢。很久没想过他了。我心里不好受,还以为他几年前就不在了。"杰克说。"他可一直惦记着你呢。每次见到贝尔瑟先生,他都要问起你。他还清楚地记得你从前到他家的老房子玩的那些日子。"妈妈告诉他。

　　"噢,老房子,我喜欢到那里去玩。"杰克说。

　　"杰克,你爸爸去世后,贝尔瑟先生就主动来照料你,他不希望你的生活中失去男人的影响。"妈妈说。

　　尽管杰克工作忙碌,他还是抽出时间回到了家乡。贝尔瑟先生的葬礼简单而平静。他膝下没有子女,亲戚大多数都已不在人世了。

　　在离家返回的前一夜,杰克和母亲顺便去看隔壁的老房子。杰克站在门口,静静地待了片刻。他感觉自己仿佛跨越时空,来到了另一个世界。走进屋内,每一步都令他回忆起幼时无忧无虑的日子,这里的每一幅画、每一

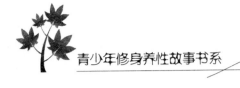

个角落,他都无比熟悉……突然,杰克停下了脚步。

"怎么了?"妈妈问。

"盒子不见了。"他说。

"什么盒子?"妈妈问。

"贝尔瑟先生有一个金色的盒子,上了锁的,他一直把它放在桌上。我多次问他里面是什么,他只是告诉我那里面藏着他最珍视的东西。"杰克说。

"我从来就不知道,他最珍视的东西是什么。"杰克颇感遗憾。

贝尔瑟先生去世大概两周后,有一天,正在上班的杰克收到一个邮包。寄件人的姓名引起了他的注意,正是"哈罗尔德·贝尔瑟先生"。杰克连忙打开邮包,发现里面是一个金色的盒子、一把钥匙和一张纸条。他双手颤抖着,一字一字地读起来。

"我死后,请把这个盒子和里面的物品转交给杰克·贝尼特。这是我一生中最珍视的东西。"杰克的心跳陡然加快,泪水夺眶而出。他小心翼翼地打开盒子,里面是一个做工精美的金怀表。杰克的手指缓缓地滑过精致的表面,掀开翻盖,里面刻着一行字:"杰克,谢谢你的时间——哈罗尔德·贝尔瑟。"

"他最珍视的东西……是我的时间!"

杰克默默地注视着手里的怀表,忽然他似乎想起了什么。他叫来助理,吩咐她取消接下来3天的工作安排。"为什么?"助理珍尼特不解地问。"急事!我得花些时间陪陪家人。"他说。

"噢,对了,珍尼特……谢谢你的时间!"

时间一分一秒不停地在流逝,随之一起消失的还将有我们的亲人、朋友……珍惜自己的时间,珍惜和亲朋好友相处的分分秒秒;珍惜别人的时间,珍惜别人为我们付出的劳动。懂得珍惜的人才是真正懂得生活的人。

一粒灰尘改变了人类

1881 年 8 月 6 日，亚历山大·弗莱明出生于苏格兰的一个贫苦农民的家庭。在丘吉尔的资助下，他被送到英国伦敦圣玛丽医学院学习。毕业后，他留在医院从事细菌学的研究。当时找不到合适的药物，很难使伤口避免感染，只能看着病魔肆虐、死神猖獗。因此，他十分渴望找到一种理想的药物。

1928 年 9 月的一天早晨，弗莱明像往常一样，来到了实验室。实验室里整整齐齐地排列着许多培养器皿，他仔细检查培养器皿中的细菌有没有细微的变化。当他检查到靠近窗户的一只放有葡萄球菌的培养器皿时，发现里面的培养基发霉了，长出了一团青色的霉花。弗莱明的助手赶紧过来说："它是被从窗外飘来的一粒灰尘污染了，别再用了，让我把它倒掉吧。"费莱明制止了了助手，把青霉菌放在显微镜下进行观察，结果惊喜地发现，青霉菌附近的葡萄球菌已经全部死掉了。于是，费莱明马上把青霉菌放进培养基中培养。过了几天，青霉菌繁殖起来了。他把蘸上含有葡萄球菌水的一根线，放在青霉菌的培养器皿中，几个时后，葡萄球菌全部死亡。接着，他分别把带有白喉菌、肺炎菌、链球菌、炭疽菌的线放进培养器皿中，这些细菌也很快死去了。就这样，弗莱明发明了抗菌新药——青霉素。

1929 年，弗莱明把关于青霉素的发现写成论文，发表在英国《实验病理学》季刊上。在这篇文章中，他阐明了青霉素的强大抑菌作用、安全性和应用前景。他坚信，青霉素有巨大价值，总有一天人们将用它的力量去拯救病人的宝贵生命。有人劝他申请专利，弗莱明却说："为了我自己和我一家的尊

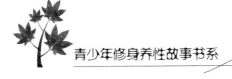
荣富贵,而危害了无数人的生命,我不忍心。"弗莱明的这个发现,为其他科学家的研究开辟了一条阳光大道。

1941 年,经过科学家们深入研究,青霉素开始用于临床。

1943 年,青霉素得到推广。从此以后,许多曾经严重危害人类健康的难治之症和不治之症,诸如猩红热、化脓性咽喉炎、白喉、梅毒、淋病,以及各种结核病、败血病、肺炎、伤寒等,都得到了有效的抑制,给那些饱受疾病折磨的人带来了生机与希望。可以毫不夸张地说,青霉素的问世,从死神手里夺回了成千上万人的生命,奇迹般地延长了人类的平均寿命;青霉素的问世,唤起了世界各国的科学家积极寻找新抗生素的热情,开辟了现代药物治疗的新时期,使人类进入了合成新药的时代;青霉素的问世,是医学史上的一个伟大发明,与原子弹和雷达一起被誉为第二次世界大战中的三个重大发明。直到今天,它仍是应用最多、最广的抗菌素。

一件司空见惯的小事,也可能引发出载入史册的辉煌。1945 年,弗莱明等人获得了诺贝尔生理学医学奖。在一定意义上可以说,一粒灰尘不仅改变了弗莱明等人的命运,也改变了世界各国千百万在病魔下挣扎的病人的命运,改变了整个人类的命运。

一滴油的智慧

40 年前,有一名青年,在美国某石油公司工作。他的学历不高,也没有技术。他在公司的工作连小孩也能胜任,就是巡视并确认石油罐盖有没有自动焊接好。

石油罐在输送带上移动至旋转台后,焊接剂便自动滴落下来,沿着盖子回转一圈,作业就算结束。他每天如此,反复好几百次地注视着这种作业。

没几天,他便开始对这项工作厌烦了。他很想改行,但一时又没有更好的工作,更何况工作并不好找。他想,要使这项工作有所突破,就必须自己找些事做。因此,他更加专注于这项工作,并在工作时更加仔细地观察。

他发现罐子旋转一次,焊接剂滴落 39 滴,焊接工作就结束了。他努力思考:在这一连串的工作中,有没有什么可以改善的地方?

一次,他突然想,如果能将焊接剂减少一两滴,是不是能节省成本?于是,他经过一番研究,终于研究出来"37 滴型"焊接机。但利用这种机器焊接出来的石油罐,偶尔会漏油,不实用。他没有灰心,又研制出"38 滴型"焊接机。这个发明非常完美,公司对它的评价很高。不久便生产出这种机器,改用新的焊接方式,虽然节省的只是一滴焊接剂,但这"一滴"却替公司创造了每年 5 亿美元的新利润。

这个青年就是后来掌握全美制油业 95％实权的石油大王——约翰·D·洛克菲勒,"改良焊接机"改变了洛克菲勒的人生。他成功的关键在于,普通人往往忽略的平凡小事,他却特别留意。不管是谁,要想突破现状总要考虑

的是:"我想做什么事?"或是"我想成为什么样的人?"有了这种强烈的目的意识,你才会集中精力,并调动过去积累的知识和经验,在有意或无意中使你关注的事情有所突破。成功在于细节,这是眼下最流行的词语,说起来容易,做起来其实也不难。成功是一种习惯,更是一种素养。我们每天所做的工作并非要求你干一件惊天动地的大事才能获得成功,从小事做起,注重工作中的每一个细节,坚定不移,乐此不疲,把做好小事当成你良好的习惯,就能使你获得成功。

多看一眼

我家附近有一座粮库，那是一座十分寂静的粮库。常常有一群一群的小鸟在粮库旁盘旋飞翔。那些鸟儿有浑身黑黑的乌鸦，也有啼声清丽、十分机警的八哥，但更多的是那些灰黄色羽毛间夹杂着一个个小黑点的野麻雀。

有一天傍晚，我和几个朋友从粮库外的草地上经过。红彤彤的夕阳余晖将向西的粮库玻璃窗棂映照得又红又亮，像涂抹上了一片美丽的玫瑰色彩。就在这时，我们发现了一件十分奇怪又有趣的事情：一只只麻雀扑棱棱飞着，径直扑到那些色彩艳丽的粮库玻璃窗棂上。它们的翅膀不停地扑打着窗棂上的玻璃，把那些玻璃扑打得嘭嘭作响。

我们都以为这些麻雀误把玻璃当成了深邃辽远的天空呢。那么卖力地不停扑打，渴望自己能从这一方天空中飞过去，可一次又一次都碰壁了，有几只甚至碰得都晕头转向了，但它们依旧那么不停地一次次扑打着，不知道改变一下自己飞行的方向，真是一群头脑简单的鸟儿。"那么傻，傻得又是那么的执着。"朋友笑着摇摇头说。我们也都说："真是太傻了，把窗玻璃误以为是天空了。即便是误会了，那么碰过壁也就该回头了，怎么一个劲儿地碰壁呀，真是一种太傻的鸟儿啊！"

我们远远地站在一旁看那些麻雀犯傻，谈着一些鸟儿的傻事儿，都一致认为，麻雀是所有常见鸟儿中最傻的一种。

过了两天，我一个人散步又经过粮库外的那片荒地。那是中午时分，太阳还在高高的中天，远未照到那些向西的窗棂玻璃上，一个个窗户在屋檐

197

的阴影下闪烁着一片片的幽光。我看见许多麻雀还在扑打着那些窗户玻璃。它们坚硬的小嘴甚至把那些玻璃碰得当当轻响。我思忖这些麻雀真傻，误把玻璃以为是天空一次就足够了，碰了这么几天的壁了，怎么还不明白那只是一块透明的玻璃呀，怎么飞也是不可能飞过去的。

我远远站着看了好久。后来便忍不住有些隐隐心疼那些可爱的小傻鸟儿来，我踱过去，把一个一个窗棂上正碰得忘乎所以的它们轰吓开，但还没有等到我转身离开，那些麻雀便又三五成群地扑在了那些窗棂上。我很诧异，这些麻雀到底是怎么了？它们为什么那么喜爱在玻璃窗棂上碰壁呢？

我停了下来。我决定搬两块石头垫在脚下，趴到那些玻璃窗上看一看，看看那些玻璃上到底都映上一些什么，为什么这些麻雀碰壁也碰得这样的痴情。

踩着石块，我终于可以平视那些玻璃窗了，我发现那些透明的玻璃上布满许多芝麻粒大小的灰褐色小斑点，那些小斑点密密匝匝的，而且它们一个一个还在缓缓地蠕动。我细细一看，原来那些斑点都是一只一只的虫子。

我终于明白那些麻雀乐于在玻璃窗上碰壁的原因了，原来它们碰壁并不是愚蠢地犯傻，而是为了叨食玻璃上那些密密麻麻的虫子。

我为自己和自己那些朋友自以为是地认为麻雀很傻而深深羞愧了。

其实生活中我们这样自以为是的误判是很多的。对于很多东西，我们往往是只看一眼或道听途说后就立刻草率地做出了自己的判断，根本没有去仔细认真地反复观察它、思考它、分析它，以致产生了许多令人啼笑皆非的错误结论。因为这种粗浅的自以为是，我们曾误解了多少善意的朋友；因为这种不经思考的自以为是，我们曾维护过多少的谬理，做出过多少让我们心痛和懊悔不已的傻事啊。

人生有许多时候，因为少看一眼而谬之千里，因为多看一眼而石破天惊。多看一眼，我们的心灵才可能离真理更近一些。

坠毁之谜

美国"哥伦比亚"号航天飞机坠毁原因现在已有了初步结论。原因是航天飞机在返回大气层时，机翼受到星际间物质撞击后，产生轻微的裂缝，在与大气产生剧烈摩擦后，航天飞机在空中解体，7名航天员葬身蓝天。

直接导致飞机坠毁的原因是壳体材料不过关。

这个结论是震惊科学界的。不是因为这是一个技术缺陷，而是因为这是一个十分普通的常识性的问题。关于航天飞机防护层的保护，几十年前就解决了，而在科学技术发展到今天的时候，人类竟然会在一个常识性问题上酿成大错。

揭开这个谜底的人叫詹姆斯·哈洛克，他是事故调查组的成员。在事故调查中，一个偶然的机会，哈洛克说看到了航天飞机失事后工程师向他提供的碳制高温保护板的说明书，一份25年前印制的小册子，上面写着："碳制保护板的设计强度是"可以承受0.006英尺·磅的动能"。

哈洛克对这句话表示怀疑，他定制了一盒铅笔，进行反复测算。最后得出结论：一支普通的铅笔从15.24厘米的高度自由落体时产生的冲击力就是"哥伦比亚"号航天飞机保护板的设计强度！任谁都可以想象，这种设计强度根本不足以保护航天飞机这种庞然大物。谜底就这样被揭开了。

这块保护板造价80万美元，是用来防护机翼不被燃料作用时的超高温熔解的，但对于价值180亿美元的"哥伦比亚"号来说，当"哥伦比亚"号将要去沐浴"枪林弹雨"之际，工程师给它建造的保护板却仅能防护一支铅笔的冲击。

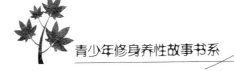

当"哥伦比亚"号在空中飞行时,一个豌豆大的物体就能产生相当于质量为 180 千克的物体产生的冲击力,也足以给"哥伦比亚"号以致命的打击。"哥伦比亚"号能返回大气层,已经足够幸运了。人类现在已掌握了许多尖端的科技,但如果认为有尖端技术就有了挑战星球的本领,那就错了。"哥伦比亚"号的悲剧,已经在提醒我们,高科技的基础在细节。

哲人曾有言:不是漫漫长路打败了跋涉者,而是鞋中的那粒沙。细节决定成败,"泰山不拒细壤,故能成其高;江海不择细流,故能就其深"。想做大事的人必须有能把小事做细的勇气。改变心浮气躁、浅尝辄止的毛病,注重细节,把小事做细,才能走向成功。

成功只差0.5毫米

莱斯是一位著名的物理学家和发明家，曾研制和发明过不少的东西。在电话机还没有诞生之前，莱斯就设想发明一项传声装置，这种装置可以使身处异地的两人自由地交谈，可以方便人们的信息传递。

根据自己的设想和传声学原理，莱斯经过孜孜不倦的研究，用了两年多的时间，终于研制出一种传声装置，但令莱斯沮丧的是，他研制的这项传声装置，只能用电流传送音乐，但却不能用来传递话音，不能使身处两地的人们自由地交谈。在经过无数次的改进和试验后，莱斯的这项研制毫无进展，依旧无法传递话音，莱斯于是心灰意冷地宣告自己的研究失败了，并得出试验结论说："传声学根本无法解决两地之间话语传递的问题。"

和莱斯有着同样梦想的还有另外一位发明家，他是美国人，叫贝尔。听到莱斯研制失败的消息后，贝尔并没有灰心和绝望，他详细推敲了莱斯的传声装置，在莱斯研究的基础上不断开始新的大胆尝试，他把莱斯用的间断直流电，改为使用连续直流电，解决了传声装置传送时间短促、讲话声音多变等难题。但这些都是些微不足道的小问题，莱斯也曾这样设想和试验过，都没有取得过成功，贝尔和莱斯一样，试验了很多次，同样遭到了令人沮丧的两个字：失败！

是不是真的如莱斯所说的那样，传声学根本无法解决两地之间的话语传递呢？贝尔也陷入了困境。一天下午，当绞尽脑汁的贝尔束手无策地坐在试验桌旁，面对着他已改进多次的传声装置发呆时，他的手无意间碰到了传声装置上的一颗螺丝钉，这是一枚毫不起眼的螺丝钉，已经有些微微生锈的钉盖,钉子也早已没有了多少金属的钢蓝色光泽,如果不是自己发呆和无聊,贝尔是无论如何也注意不到这颗螺丝钉的。在沉闷和发呆时,贝尔的手指碰到了这颗螺丝钉,并且发现它有些松动,贝尔轻轻地用手将这颗螺丝钉往里拧了半圈,但仅仅这半圈,奇迹就出现了:世界上第一部电话机诞生了!

得知贝尔发明了电话机,莱斯马上赶到贝尔的试验室向贝尔表示祝贺并向贝尔请教。贝尔向莱斯一一介绍了自己对莱斯那部传声装置的改进,莱斯说:"这些我都试验过。"贝尔摸着那颗螺丝说:"我将它往里拧了二分之一圈,竟发生了奇迹。"莱斯怎么也不肯相信,一颗螺丝钉多拧或少拧二分之一圈,不过只是 0.5 毫米左右微不足道的差距,它能决定什么呢?莱斯半信半疑地将那颗螺丝钉拧松了二分之一圈,奇怪的是传声机果然没有了声音,他又将那颗螺丝钉向里拧了二分之一圈,那部传声装置立刻就可以传递话语了。

莱斯惊呆了,然后泪流满面地说:"我距成功只差 0.5 毫米啊!"

0.5 毫米,一颗普通螺丝钉的二分之一圈,却让莱斯失败了。而恰恰只因为多拧了 0.5 毫米,贝尔成了家喻户晓的电话发明家。

失之毫厘,谬之千里。成功和失败并非是南极和北极之间的迢迢距离,很多时候,它们就并肩站在一起,决定成败的,往往只是你心灵的一点点倾斜。

细节人生

两根细长的手指夹着一枚铜钱，铜钱在手指上如轮翻飞。手指此时格外灵巧敏捷，铜钱快速旋转，却没有掉落。主人谈笑间盯着借贷者的手指，借贷者浑然不觉。因为主人刚才答应借钱给他，并把一堆铜钱放在他的眼前。他兀自摆弄着一枚铜钱，心里正琢磨这些铜钱的用项，全然没有发现主人渐渐异样的神情。主人匆忙过去收起铜钱，说不借了。借贷者不明所以，主人却再也无话，只是端茶送客。借贷者迷迷糊糊离开。

仆人间主人为何食言，主人说："我看他玩钱的动作，就知他一定是个惯赌的人，把钱借给这样的人，只恐有去无回。"借贷者永远也不会想到，一个小小的细节，就泄露了自己的老底。

这个故事的意义在于细节里藏着的人品，比任何言语都来得真实。

看过《乔家大院》的人一定还记得，当朝廷要乔致庸 800 万两白银的时候，乔致庸的丈人陆大可把自己的铺子抵出去，给乔致庸准备了 200 万两。有个细节很有意思，陆大可边吩咐管家去处理，边喂鸽子，并且弯腰捡起落在地上的几颗玉米粒。这个小小的细节，让我们看出了他的节俭持家，也更让人感动于他紧急时刻施以援手的人品。

看过一场乒乓球比赛。中国乒乓球选手刘国正跟德国选手波尔对阵，六局打拼，胜负难分。刘国正以 12∶13 落后，关键时刻，刘国正回球出界。眼看回天无望，这时，戏剧性的一幕出现，对手波尔举手示意，此球是擦边球，刘国正应该得分。波尔后来解释说这个球是否擦边只有 1 毫米，波尔能看见，别人看不到。波尔就这样坦然地把胜利送给了刘国正。

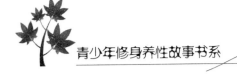
波尔无疑是更大的胜利者，他用自己的行为彰显了心灵的高度，公正的信念胜过功利荣誉，波尔的面容上看不出我们常说的面临选择的艰难，他是那么自然而然。一个细节，人品立见。

常言道：细节决定成败。细节决定成败的例子不胜枚举：有因为捡起一枚大头针而被录用的下岗职工，也有因为指甲修饰得极端整洁而被拒绝合作的银行家；有因为一屉小笼包而获得一大笔外资成就自己的打工者，也有因为一餐山珍海味价值千金而吓跑投资者的商人。细节，把你的素养、作风、品德等不知不觉地展现出来。它是如此关键，又如此致命，怎容你忽视？

古人云：小处不检点，大处亦难成。此言甚是。

斯坦福课桌上的细缝

刚到斯坦福念书时,发现教室的设计很特别:剧场式的阶梯教室、马蹄形桌子。坐下来,看到桌上有一条长长的细缝。白蚁蛀的吗?怎么可能这么整齐!"这是插名牌的!"同学告诉我。

注册时,教务处发给我一张横式长方形厚纸卡,上面写着"王文华"三个字。上课时我要把名牌插进细缝,好让老师看清楚我的名字,方便点名发言。阶梯式教室、马蹄形桌子,都是为了让老师、同学看到彼此,讨论时容易产生火花。

学期中我把学校发给我的名牌搞丢了,自己做了一个,插进细缝中。下课后老师跟我说:"我看不清楚你的名字。""为什么?""因为你做的名牌,名字和纸张底部之间的留白不够,插进有深度的缝隙,一半名字都被塞进缝隙里了。"我拿出名牌,果然是这样。"你应该叫教务处帮你重做,他们做的名牌都是精确量过的,插进细缝中刚刚好。"老师临走前一语双关地说,"把你那张 halfassed 的名牌丢了吧,那张名牌只让我们看到一半的你。"当时我听不懂"halfassed"是什么意思。去查字典,上面写着:"凡事只做一半,不注意细节。"没错,在那之前,我一直是个大而化之的人。

好的学校,连学生名牌上名字和页缘之间的距离都"斤斤计较",而过去的我,只会嘲笑这样的人。

在斯坦福第一年的暑假,我和一位带着两岁小孩的朋友去拜访在苹果计算机工作的学长。在员工餐厅吃午餐,朋友抱着小孩,吃不到两口,学长走到角落,拿来一张儿童椅。"你们的员工餐厅还有儿童椅?""当然啊!虽然很少有员工会把小孩带到公司,但我们总要预防那种万一!"

毕业开始工作后,常常出差。有一次我坐新航的长途飞机,第一餐结束后,机舱的灯变暗。空服员问我要不要睡觉,我说要。于是她把一张纸贴在我的椅子上,上面写着客人要休息,下次餐饮不要打扰。大部分的航空公司会拍醒你,问你要不要用餐,你说不要,但被吵醒后再也睡不着。新航用一张贴纸,两全其美地解决问题。

工作这些年来,我发现成功的人和公司。不论多小的事,他们总能做到滴水不漏。他们不靠革命性的创意,因为革命性的创意可遇不可求。他们有耐心和能力把例行公事做到完美,和二流之间的差别就在细节。

我永远记得斯坦福的细缝、苹果计算机的儿童椅和新航的贴纸。它们代表的,是一种细致和体贴,一种成本很小、容易做到,却是大家最不屑一顾的美德。的确如此,很多我们不注意的小细节,却是重要的一环。

不该忽略的细节

到美国留学后，公寓的左邻右舍都变成了陌生的美国人。平时我从来不主动和他们说话，没课的时候，便将自己封闭在屋里。即使出门倒垃圾时，偶然与邻居碰面，我也会抛给对方一张很生硬的脸。

一天清晨，我从睡梦中被一声声公鸡的啼叫声吵醒了。

我揉着睡眼，怒气冲冲地从窗口向外望去。原来是邻居詹姆斯太太后院养的一只大公鸡在打鸣。

连续3天，我都是从睡梦中被鸡叫吵醒。实在忍无可忍了，第四天早晨，那只公鸡再次打鸣时，我立即抄起电话报了警。

半个小时后，我听见詹姆斯太太家后院里传来一阵嘈杂声。我循声望去，只见两名美国警察和两名胸前佩戴"动物管理局"标志的男子站在院子里。而此时的詹姆斯太太，一手抓住公鸡的翅膀和头，另一只手拿着一把刀割公鸡的脖子。我清晰地听到公鸡发出"咕咕"的痛苦的低鸣声，而詹姆斯太太的眼眶中也滚动着泪花。

虽然此事我处理得有些莽撞，但美国警察的处事方式，却让我对这里产生了极大的安全感和信任感。但事隔不久，一位名叫怀特的邻居再次干扰了我的生活。

为了迎接考试我特意待在家里温习功课。可是，怀特家一连数小时都在播放节奏强烈的摇滚乐。终于，我被激怒了，再次报了警。十几分钟后，震耳欲聋的音乐戛然而止，一切又都恢复了平静。

终于，我从邻居们厌烦和冰冷的表情中读出，他们已猜出报警人就是我。男友路德听说了此事,指责我太自私,一场争吵后,我们彻底决裂了。我开始冷静思考,自从搬到这儿,我给周围的邻居们带来了什么?于是,我通过社区的保安人员,去了解邻居们的情况。然而,结果却令我瞠目。

生活中,詹姆斯太太是一个非常不幸的人。5年前的一场车祸,夺去了她的丈夫和两个女儿的生命,她也是被医生从死亡线上拉回来的。从此,一个人孤单地度日。那只养了4年的公鸡是她生活中唯一的精神寄托。

怀特家有一个15岁的儿子,自幼患病,终年瘫痪在床上,他唯一的生活乐趣就是听摇滚乐,然后,他自己坚持试着谱曲。虽然没人欣赏他的作品,但是他依然执着地忙碌着。了解了邻居们的真实生活后,我悄然明白,这些生活中都曾经历过不幸的人,为顾及他人的利益,可以不惜牺牲自己的精神寄托,而我却毁掉了他们的精神支柱。

转眼圣诞节又到了,我精心为所有的邻居准备了一份礼物:一瓶红酒和我亲手做的巧克力蛋糕,以表达我的歉意。看到我的出现,他们每个人的脸上都泛着激动的光芒,特别是詹姆斯太太的眼神,如同看到了一个离家归来的孩子,她连连微笑着说:"Thanks!"

第二天早晨,当我打开房门时,我被眼前的一幕惊呆了。门前的台阶上摆满了邻居们送来的五颜六色的盆栽花,花枝上写满问候和祝福的丝带随风飘动着。

几天后的一天,天还未亮,我就被一声声嘹亮的公鸡啼叫声唤醒了。走到窗前,透过朦胧的街灯,我看到一只健壮的公鸡正在詹姆斯太太的后院里踱步。看它那昂首挺胸的样子,我想告诉它:大声唱吧,这里永远是你的家!

维护了自己的权益,却毁掉了他人的精神寄托,我因此成为左邻右舍厌恶的人。在了解了邻居们不幸生活的真实情况以后。我真心诚意地表达了歉意。也得到了邻居们的原谅。很多事情可能并不是表面上看起来的那么简单,只有在了解了所有的细节之后,我们才能决定应该做些什么。

藏在角落里的钥匙

在等待公司面试通知的那几天里,我突然接到了一个通知,说总经理想亲自见见我。我自然是不敢懈怠,准时到达了公司的大厅。在等待了近 15 分钟之后,总台接到了总经理的电话,说让我到他办公室去。我临上楼之前没有忘记冲着警卫礼貌地笑笑,感谢他为我指明总经理的办公室;在上楼梯时,我看到一位清洁工正在擦楼梯的扶手,而那扶手一尘不染,干净得发亮,我也主动夸赞了一句:"您擦得真干净!"她听到我的话,抬起头高兴地对我笑了笑。我想,这些都是基本的礼貌,无论对什么职位上的人都一样。

到了办公室,总经理跟我说今天让我来,就是想让我陪他去完成一次业务洽谈,也算是对我能力的考验。我虽然有些紧张,但还是很快进入了应战状态。

在车上,总经理向我了解了大学里所学的专业,在学校参加社会工作的情况,虽然不是正式的面试,但我也是认真地作出了回答。就在我们聊得兴起时,总经理突然跟我说:

"糟了,我忘了一件事,产品项目说明书忘记带了……你能否回去帮我取一下?"我猜想这也是考验的项目之一,于是坚定地回答说:"当然可以!"他说:"说明书在办公室的桌子上。"但当我向他要房门的钥匙时,他摸了一下口袋,说:"出来得太急,忘在桌子上了。"

这下就难办了,但我大话已经出口,也只好硬着头皮回去拿。

这家公司的保安相当严密,如果没有钥匙或预约是根本没法儿进去的。但是,因为早上我跟保安有了简短的交流,并且给他留下了很好的印象,所以当我说明情况之后,他就特许我上楼去了。

总经理的办公室是锁着的,我问遍了旁边的所有办公人员,大家都说没有钥匙。我也只能急得在走廊里团团转。我猜想,如果拿不到说明书,很可能就会错过这份工作了。

此时我的头脑里顿时涌现出了几个方案:第一是破门而入,拿到说明书,显然这是不明智的,就算拿到了,我也得进警察局;第二就是找保安,把门撬开,但我敢肯定没有哪个保安会这么做;第三就是最糟糕的,打电话给总经理说我拿不到说明书……但这些都不是解决问题的办法。正在我满头大汗的时候,早上的那位清洁工正好经过,看到我愁眉苦脸就问我怎么了。我说明了情况之后,她笑嘻嘻地说她有钥匙,是平时用来打扫卫生时开门的。她愿意帮我的忙,但是因为我要拿东西,她就请保安来做了个证。当我拿到那张薄薄的说明书时,我的心里充满了感激,还有对自己早上礼貌行为的庆幸。

当我紧赶慢赶来到谈判会场时,总经理显然有点吃惊,随即满意地笑了笑:"不错呀,只用了半小时。"在听完我的讲述之后,总经理热情地拍了拍我的肩膀:"这就是面试的最后一题,只有能拿到说明书的人,才有资格被录用。在你之前有两个人做过这道题,其中我很看好的那个研究生没有拿到,因为他回去时没有进得大门,保安说他太傲慢,瞧不起人。另一个女孩好说歹说,得到保安的允许进去了,可是在找不到钥匙的时候,她想要撞门进去,被保安拉了回去。只有你,很好地完成了任务,因为你知道,钥匙就藏在角落里,而这些角落往往是被人们忽视的。"

总经理的这句话我至今记忆犹新,在后来的工作中我始终关注那些容易被忽视的人和事,从小处着手,这样成功就更容易到来。

尊重细节能扭转人生,做好细节能实现梦想。观察开始于细节,知识来源于细节,人生表现于细节……细节只属于细心的人。因为,细节的花常常在生活花园中不为人注意的地方开放,细节的影子往往隐现于举手投足之间。这需要我们用聪慧的双眼去观察,用睿智的心灵去体味。

细节是一种功力

素养来自于日常生活中一点一滴的细节积累，这种积累是一种功夫。

某著名大公司招聘职业经理人，应者云集，其中不乏高学历、多证书、有相关工作经验的人。经过初试、笔试等四轮淘汰后，只剩下 6 个应聘者，但公司最终只选择一人作为经理。所以，第五轮将由老板亲自面试。

可是当面试开始时，主考官却发现考场上多出了一个人，出现 7 个考生，于是就问道："有不是来参加面试的人吗？"这时，坐在最后面的一个男子站起身说："先生，我第一轮就被淘汰了，但我想参加一下面试。"

人们听到他这么讲，都笑了，就连站在门口为人们倒水的那个老头子也忍俊不禁。主考官也不以为然地问："你连考试第一关都过不了，又有什么必要来参加这次面试呢？"这位男子说："因为我掌握了别人没有的财富，我本人即是一大财富。"大家又一次哈哈大笑了，都认为这个人不是头脑有毛病，就是狂妄自大。

这个男子说："我虽然只是本科毕业，只有中级职称，可是我却有着 10 年的工作经验，曾在 12 家公司任过职……"这时主考官马上插话说："虽然你的学历和职称都不高，但是工作 10 年倒是很不错，不过你却先后跳槽 12 家公司，这可不是一种令人欣赏的行为。"

男子说："先生，我没有跳槽，而是那 12 家公司先后倒闭了。"在场的人第三次笑了。一个考生说："你真是一个地地道道的失败者！"男子也笑了："不，这不是我的失败，而是那些公司的失败。这些失败积累成我自己的财富。"

　　这时,站在门口的老头子走上前,给主考官倒茶。男子继续说:"我很了解那12家公司,我曾与同事努力挽救它们,虽然不成功,但我知道错误与失败的每一个细节,并从中学到了许多东西,这是其他人所学不到的。"

　　男子停顿了一会儿,接着说:"我深知,成功的经验大抵相似,容易模仿,而失败的原因各有不同。用10年学习成功经验,不如用同样的时间经历错误与失败,所学的东西更多、更深刻,别人的成功经历很难成为我们的财富,但别人的失败过程却是!"

　　男子离开座位,做出转身出门的样子,又忽然回过头:

　　"这10年经历的12家公司,培养、锻炼了我对人、对事、对未来的敏锐洞察力,举个小例子吧——真正的考官,不是您,而是这位倒茶的老人……"

　　在场所有人都感到惊愕,目光转而注视着倒茶的老头。那老头诧异之际,很快恢复了镇静,随后笑了:"很好!你被录取了,因为我想知道——你是如何知道这一切的?"老头的言语表明他确实是这家大公司的老板。这次轮到这位考生一个人笑了。

　　世事洞明皆学问,人情练达即文章。这个考生能够从倒茶水老头的眼神、气度、举止等,看出他是这个企业的老板,说明他是一个观察力很强的人。这种洞察入微的功夫不是一朝一夕能够练就的,而需要长期的积累,在注重对每一个细节的观察中不断地训练和提高。

成功只因专注

几年前，一支由 7 名业余队员组成的登山队宣布攀登珠穆朗玛峰，引起了很多人的关注。

在 7 名队员中，有两个人尤为引人注目。一个是深圳万科集团董事长王石，鼎鼎大名的地产泰斗。在房地产界，没人怀疑他的能力，但是对于登山，他充其量只是个业余爱好者，何况他已年过 50 岁，年龄是致命的弱点，要想征服世界第一高峰，谈何容易？

另一个是比王石小 10 岁的队友，身体素质和状态都特别好。在北京怀柔登山基地训练时，一般人登山负重最多只有 20 公斤，而他负重 40 公斤仍然行走自如；每次训练，别人走两趟，他能走三趟。于是人们纷纷预测，这名队员应该是第一个登顶的，他自然也成了媒体和社会关注的焦点。

按照预定计划，登山队如期踏上征程。在整个登山过程中，那名呼声最高的队员身兼数职，一路上他要接受记者电话采访，每天还要抽出时间上网回帖。不仅如此，他还要全程跟踪拍摄登山过程，并把一些相关图片按时发给家乡的电视台。

王石本来是个名人，加上他的年龄特殊，按常理来说，他肯定是最受媒体和人们关注的队员。可是恰恰相反，他表现得极为低调，登山前他就事先约定，不接受记者采访，不面对摄像机，只是默默地专心登山。

在海拔 8000 米的营地宿营时，金色的夕阳倾泻在白雪皑皑的珠峰上，风景绮丽，队友们个个兴奋异常，纷纷跑出去欣赏美景，只有王石不为所动。有人招呼他："王总，快出来看看，风景多么壮观啊！"他躲在帐篷里没吱

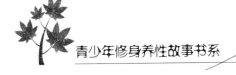

声。几分钟后，不见王石出来，又有队友提醒他："王总，你再不出来会后悔的，我们登了这么多山，还从来没见过这么美的风景。"王石丝毫不怀疑队友的好意，可是他依然坚持闭门不出，固执得像一块石头。

第二天，登山队到达海拔 8300 米的地方。众所周知，越是接近顶峰，危险和挑战也就越大。大家开始慎重地考虑是否登顶，可那名呼声最高的队友却不得不放弃登顶，因为此时他的体力已消耗殆尽。最终，7 名队员中只有 4 人成功登顶，其中包括王石，而且自始至终全队只有他一人没有受伤，近乎完美地登上了世界第一高峰。

最具实力的队员没有登上顶峰，而最不被看好的王石竟一举登顶，这样的结局大大出乎人们意料。下山后，王石欣然接受采访，记者惊叹地问："王总，难道你有什么登顶的秘诀？"此刻他开心地笑了："哪有什么秘诀啊。自从第一脚踏上珠峰，我的心中就只有一个目标，那就是登顶，任何与此无关的事情我一概不做。"

果真没有秘诀？其实，王石已经一语道破天机，那就是两个字——专注。

人生苦短，精力有限，如果把精力分散到诸多事务之中。只能因繁乱嘈杂、不切实际而以失败告终，一事也做不成。想要短暂的人生有多些收获，想要拨开迷雾，解开人生难题，必须全神贯注，专注做事。

专注更容易成功

有一位画家,举办过十几次个人画展,也参加过上百次画展。无论参观者多或少,作品有没有获奖,他的脸上总是挂着会心的微笑。

在一次朋友聚会上,一位记者问他:"你为什么每天都这么开心呢?"

他微笑着反问记者:"我为什么要不开心呢?"

然后,他讲了他儿时经历过的一件事情:

小的时候,我兴趣相当广泛,也很要强。画画、拉手风琴、游泳、打篮球,样样都学,而且还必须都得第一才行。这当然是不可能的。于是,我闷闷不乐,心灰意冷,学习成绩也一直往下滑。有一次我的期中考试成绩竟排到全班的最后几名。

父亲了解到此事后,并没有责骂我。晚饭之后,父亲找来一个小漏斗和一捧玉米种子,放在桌子上,然后对我说:"今晚,我想给你做一个试验。"父亲让我双手放在漏斗下面接着,然后捡起一粒种子投到漏斗里面,种子便很快地顺着漏斗漏到了我的手里。父亲这样投了十几次,我的手中也就有了十几粒种子。然后,父亲一次抓起满满一把玉米粒放到漏斗里面,玉米粒相互挤着堵在漏斗口,竟连一粒也没有掉下来。父亲语重心长地对我说:"这个漏斗代表你,假如你每天都能做好一件事,每天你就会有一粒种子的收获和快乐;可是,当你想把所有的事情都挤到一起来做,反而连一粒种子也收获不到了。"

20多年过去了,我一直铭记着父亲的教诲:"每天做好一件事,坦然微笑着面对生活。"

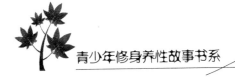
一个人的精力是有限的,把精力分散在好几件事情上,不是明智的选择,也是不切实际的考虑。

专心做好一件事,就能有所收益,突破人生困境;反之,想做的事情太多,反而一件事情都做不好,结果两手空空。

想成大事,不能把精力同时集中于几件事情上,只能关注其中之一。也就是说,我们不能因为额外的事而分散了我们的精力。

如果大多数人集中精力专注于一项工作,他们就能把这项工作做得很好。目标太多会让你花了眼,到头来一事无成。

作为青少年,我们更要养成专注的好习惯,只有专注才能更好地完成一件事情。

只要认真干5年

5年前,他18岁,高中毕业。那时,他考上一所不错的大学,可惜家里没有钱,没法供他读书。无奈之下,他只得进城谋生。在城里转了两天,总算找到一份工作,当一名送水工。

虽然这份工作在别人眼里算不了什么,但他很珍惜。每天,他骑着自行车,后面挂着三四桶纯净水,走街串巷,把每一条街道都跑遍了。送水得送到客户家里,有的楼房没有电梯,他就得用肩扛上去。一天下来,累得骨头都快散架了,晚上腰疼得睡不着觉。同他一起当送水工的,没干几天,就因为受不了,跑了。他也想过放弃,但最终还是咬牙坚持了下来。

他对每一位客户都很有礼貌,敲门总是轻轻的,进门脱鞋,光着脚进屋。每替一位客户送完水,他都会记下客户姓名,在心里默念上几遍。

送水工收入不高,一般按件计酬,一个送水工月收入只有500元钱,他勤快,月收入也不过600元。他一干就是5年。时间久了,很多客户都与他熟悉,对他说:"年轻人,你有文化,又年轻力壮,怎么不去找更来钱的事做?"他说:"我觉得送水挺好的,我喜欢干这活。"别人摇头叹息,背地里说他有点儿傻。

5年后,他辞职了。他辞职干什么呢?他用这些年的积蓄,自己开了一家送水公司。人们认定他必败无疑,城里的人家,早就订了水,他一家新开的公司,谁订他的水?

事实并非如此,他没有失败,很快拥有了许多订水客户,都是他这些年认识的老客户,以及客户们的亲朋好友。他的送水业务很快就占据了全城的一半份额。别的送水公司只有几名送水工,他的公司,一下子发展到几十名。他不再需要亲自去给别人送水,只需要坐在办公室里接洽业务就行。

我问他:"你是怎么创造这个奇迹的?"他说:"在这城里,能干上 5 年送水工作的人有几个?只有我一个呀。他们大多只干一年半载,而我一干就是 5 年。在这 5 年里,我拼命结交客户,给他们留下好印象。我问他们,要是我开了公司,订不订我的水,他们都表示愿意订。水都是一样的,不同的是人。他们根本不记得我以前所在的送水公司,只记得我这个人。我的公司一开张,就赢得了这么多客户。"

他笑着对我说:"一个人,只要认认真真地干一件事,干上 5 年,就一定能够干出一番成绩来。"

专注和专心是人生的一大良药,它能治愈贪婪,能抚平急躁,能挽回冲动。认认真真做事,踏踏实实做人,专注于你所认为有价值的每件小事,专心致志地做好每个细节。这样的人生,迎接的是成功!

专心助你成功

比尔·盖茨是当之无愧的电脑奇人。他创造了人类创业史上的神话。他的成功在于他有似乎永远都在思考的聪明脑袋，他有自主独立、充满竞争意识的个性；尤其不能忽视的是，他有能够高度集中的注意力。

比尔能全力专注于某一事物，他只重视那些他感兴趣的重要东西，对其他事物一概不管。

1968年秋天，在湖滨中学上学的比尔·盖茨第一次接触计算机。这个神奇的家伙深深地进入比尔的视野与神经，比尔开始痴迷上了计算机。很快，八年级学生比尔便挤进了高年级学生的圈子。他们的老师所知道的所有计算机知识，比尔花一星期就超过了。

在那个计算机刚起步的年代，上机编程太昂贵了，尽管它那么奇妙、那么吸引人。聪明好学的比尔总在不断寻找甚至创造机会去上机编程序。那个时候，比尔常与伙伴们一起乘车到湖滨中学附近一家新办的计算机公司编写程序。他一直忙到累得无法继续工作才回家。他们常常是一边吃着从附近食品店买来的面包，一边忙着编程序工作。比尔在伙伴中表现得最顽强。晚饭后，兴趣高涨的比尔·盖茨常假装上床睡觉，然后偷溜出家门，坐十来分钟汽车去计算机公司继续他的编程工作，偶尔他回来得太晚了，汽车已经停运了，他只好走路回家。但他乐此不疲。

在哈佛大学里，学习计算机的条件优越多了，比尔简直如鱼得水，把极大的精力投入到计算机中。一次，为了赶一个程序，比尔一干就是36个小时以上。有时太投入了，以至他在熟睡时，还梦着计算机的事，使他经常说

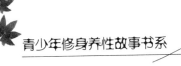

一些有关计算机的梦话。

比尔对不关心的事却极少在意,无论是课程、衣着、睡觉,还是社会交际等。尽管那时他家里富有,但他总是穿得比别人破。在生活中,比尔不为欲望左右,在哈佛求学时,几乎没有和任何女孩子约会过,尽管他有许多这样的机会。因为比尔留意的绝不是这些方面。

确实,专注于你所要做的事情就是成功的第一大要素。尤其青少年,只有善于克制自己,把精力投入到学习中去,完成自己的职责,才有成功的希望。

其实,成功的人不是什么方面都是最好的,但他们对某些专业知识比一般人在行。这就是因为他节约了其他方面的时间,专心在某件或几件事上,他们在这几件事上花的时间比其他人多得多,所以成功了。

专心做事的人最聪明,因为他们懂得用脑,懂得高效地利用时间。

专注是金

日本有一家只有 7 个人的企业,其产品是有些人看来不值得一提的哨子。可你千万别小看这小玩意儿,一年竟创造了 7000 万元的利润。原来,这家企业的产品特别"专一"——只生产哨子。他们动用了 300 多名专家研究哨子,最贵的哨子卖到 2 万美元一个。在世界杯足球赛上,所有裁判用的哨子都是出自该厂。更令人称奇的是,他们的哨子种类达上千种,有给美国警察生产的专用哨子,还有给狗生产的无声哨子——世界著名的马戏团大多使用该厂生产的无声哨子,可以说,哨子让他们给做绝了。

麦当劳品牌的创始人是雷·克罗克,他以非凡的经营才能,把麦当劳兄弟的小餐馆变成了世界快餐第一品牌,自己也成为美国乃至全球著名企业家之一。

据说,当年从麦当劳兄弟手里买下特许经营权的除了克罗克,还有一个荷兰人。

两人走的是完全不同的经营之路:克罗克只开麦当劳店,而加工牛肉、养牛的钱都任由别人去赚;荷兰人却不仅开麦当劳店,而且投资开办了牛肉加工厂,使加工牛肉的钱也流入自己的腰包,后来自己又办了个养牛场。多年过去了,克罗克把麦当劳开遍了全世界,而那个荷兰人却窝在荷兰的一个农场里养着 200 头牛。

聪明的人只专注一件事情,竭尽全力把有价值有潜力的事情做精、做大,直到独一无二,无人能够取代。愚蠢的人却希望四处开花,处处都投入精力,结果只能徒劳无功,双手空空地面对失败。这就是是否专注决定的截然不同的人生。

221

罗丹的启示

一天,法国著名雕刻家罗丹邀请挚友——奥地利作家茨威格到他家做客。在罗丹朴素的别墅里,他们在一张小桌前坐下吃饭。罗丹温和而慈祥地和这位晚辈交谈。文学和雕塑这两枝艺术之花让他们之间有说不完的话,他们都十分高兴。午餐在愉快的氛围中进行着。

吃过饭,罗丹便带着茨威格到他的工作室参观。

罗丹的工作室可以说是雕塑的出生地。在这里,有完整的雕像,也有许许多多小塑样—— 一只胳膊,一只手,有的只是一只手指或者指节;还有他已动工而搁下的雕像和堆着草图的桌子,这就是他一生不断追求与劳作的地方。

一到这里,罗丹就不由自主地穿上粗布工作衫,一下子就变成了一个工人。他在一个台架前停下。

"这是我的近作。"他说着便把湿布揭开,现出一座女人正身塑像。"这已完工了吧?"茨威格退到罗丹身后,看着他魁梧的背影说。

罗丹没有回答,自己端详了一阵,忽然皱着眉头说:"啊,不!还有毛病……左肩偏斜了一点儿,脸上……对不起,你等我一会儿……"于是他便拿起刮刀、木刀片轻轻滑过软和的黏土,给肌肉一种更柔美的光泽。他健壮的手动起来了,他的眼睛闪耀着智慧的光芒。随着一块块黏土的掉落,雕塑变得越来越生动。茨威格站在后边,微笑着看着这个对工作过于执着的艺术家。"还有那里……还有那里……"他走回去,把台架转过来,又修改了一下,含糊地吐着奇异的喉音。时而,他的眼睛高兴得发亮;时而,他的双眉苦恼地紧蹙着。他捏好小块的黏土,粘在塑像身上,又刮开一些。他完全陷入了创作之中。

这样过了半点钟,一点钟……罗丹的动作越来越有力,情绪更为激动,如醉如痴,他没有再向茨威格说过一句话。除了他要创造更崇高的形体的意念,整个世界对他来说好像已经消失了。

最后,工作完毕,他才舒坦地扔下刮刀,像一个多情的男子把披肩披到他情人肩上那样,温存地把湿布蒙上塑像,然后径自走向门外。

快走到门口的时候,他突然看见了茨威格。就在那时,他才记起他还有个朋友在旁边。他意识到了自己的失礼,赶紧说:"对不起,茨威格,我完全把你忘记了,可是你知道……"茨威格被罗丹的工作热忱深深地打动了,握着他的手,紧紧地握着,什么话也说不出来了。

专注,使罗丹成为罗丹。专注就像一枚魔戒,掌控着追梦人的希望和未来。把握了专注对于人生的要义,渴望实现梦想的你就掌控了魔戒的魔力。那魔力让你在征途中所向无敌,让你登上实现人生价值的阶梯。

瞄准一个点

蛇是撒哈拉沙漠里极能耐高温的动物,在连续几个月不下雨的干燥和炙烤下,蛇躲避在沙子里,避免阳光的直接照射,必须走动时,就将身子弯成"之"字形迅速前进,这样可以避免皮肤长时间与炙热的沙子接触,蛇就这样在沙漠中顽强地生存下来。

可是,还有一种类似麻雀大小的鸟,它的生命力却比蛇更加顽强。

小鸟要在沙地上寻找食物,就不可避免地成了蛇的猎物,小鸟不但要面对恶劣的自然环境,还要对付躲在沙子底下的蛇的袭击,它要生存下来,就必须战胜这一切。当小鸟扑扇着翅膀刚刚停在沙地上准备找食物时,潜伏在沙子里的蛇猛地张开大口蹿了出来,眼看小鸟就要成为蛇的果腹之物,可是,顷刻间,小鸟却从劣势转为了优势。

原来,小鸟只是在用自己的爪子一下又一下地拍击着蛇的头部,尽管鸟儿的力量有限,它的爪子对蛇的拍击似乎构不成什么威胁,蛇依然对小鸟穷追不舍,但小鸟并没有停止拍击。小鸟一边躲闪着蛇的血盆大口,一边用爪子拍击着蛇的头部,其准确程度分毫不差。就在小鸟连续拍击了一千多下时,蛇终于无力地瘫软在沙地上,再也爬不起来了。小鸟和蛇相比,力量对比是悬殊的,生物学家们唯一能得到的答案是,小鸟在经过长期的经验积累后,终于掌握了一套对付蛇的办法,那就是瞄准一个点——蛇的头部,并持之以恒地用爪子拍击,小鸟以这种坚忍不拔的抵抗方式,在力量对比悬殊的较量中赢得了胜利。小鸟成功了,是因为它找准了一点,并一直坚持到了最后。人生其实一样,它的种种细节,就像烟花,你只要找准一个点,将它点燃,它就会绽放出意想不到的灿烂光彩。

认真的力量

大约 5 年前,我在日本开车撞了一个老太太,事情的经过是这样的。

那天是星期天,我和老婆带着孩子开车去买东西,走的那条路是一条可供 5 辆车同时通行的单行道。那天阳光明媚,视野良好,我走在靠右边的道(日本是靠左行驶的),快走到中央大道的交叉点时我刚确认了前面是绿灯,准备匀速通过的时候,正前方突然出现了一个骑自行车的老太太,我万万没有想到我的前面会突然出来一个人,考虑到后面还有孩子和老婆,我下意识地先踩了一半刹车,再把刹车踩到底。尽管这样,老婆和女儿还是来不及发出惊呼头就已经撞在了椅子后背上(她们坐在后车厢)。待我刹停时只见我的车头上滚上来一个人,又"咕咚"一下滚了下去,当时感觉整个过程像慢动作。下得车来,颤颤地走到老太太身边,只见她横卧在地,年纪看上去有 60 多岁,血流了一大片。我的脑子嗡一下就晕了,一边口中念道,完了完了!一边在回想撞她前是不是我闯红灯了。这时老太太呻吟起来,老太太的呻吟声多少给了我一个安慰,她没死!

这时我开始冷静下来,掏出电话打给警察,陈述了地点。打完电话以后我才听到我女儿的哭声,跑去一看还好,额头上有点儿发红而已。

警察 3 分钟就来了,同时还来了救护车,老太太被抬上了救护车,我就接受警察调查。

警察:谁打电话报警的?

我:是我!

警察:请把你的手机给我看一下拨号记录。

警察:请出示你的驾驶照。

这时,两个女大学生走过来跟旁边的警察说,是那个老太太闯红灯,我们愿意作证(这事我是第二天听警察说的,当时我脑子极度混乱)。

警察带我到刹车处看了看刹车痕迹后问我:你在哪里刹的车?我说我也不知道,脑子混乱了。警察沉默了一会儿,跟我说:如果你的速度是50码就应该在这里刹的车,如果你的速度是60码就应该在那里刹车了。

我问:请问这条道限速是多少?

警察回答:50码。

那我就在这里刹的,我指了指近处。

警察看都没看,只顾着在本子上写着什么。过了一会儿,警察大概是写完了,抬起头对我说,今天有人作证你没有闯红灯,老太太也说是她闯红灯的,你可以回去了,但不管怎么说,你明天来一下XX警察署,如果你今天闯红灯的话就要被当场逮捕。

第二天,我去了警察署,警察对我进行一番教育后,说即使你没有过失也有义务去医院看看老太太,这是道义上的问题。我赶紧连连称是。

当天下午我就和老婆买了点儿便宜的糕点(2000日元的)去医院看望老太太了。走进医院说了老太太的姓名和床位,一个护士叫我稍等,她去病房看看情况。只过了一会儿,突然听到脚步声大作,一帮人朝我奔来,我一下就感到不妙,家属找我拼命来了。正在我犹豫是不是要拉着老婆逃跑时,这伙人已经冲到我面前了,跑在最前面的两个人一边朝我鞠躬一边说:真对不起,给您带来麻烦了!我一时没有准备,竟不知道怎样回答才好。这时,跑在后面的几个人也说话了:实在对不起,她那么大岁数的人了还像个小孩似的闯红灯,给您添了不必要的麻烦……

我的眼睛湿润了,我什么都没说,只是不停地给他们鞠躬……

那天看望了老太太,她本人也一点儿没有责怪我,她说:她那天脑子里想着事情,也不知怎么的就闯红灯了。但我和老婆还是表示了歉意,我说,如果我开车再精神集中一些就不会发生这种遗憾事了。

走出了医院,我突然想哭,这次是真的哭了。老婆笑着问我怎么又哭了。

我不知道，我想说的是，尽管我不太喜欢这个民族所犯的历史过错以及他们对待历史的态度，但是，我相信，万事较不过一个认真，如果一个民族能静下心来，认真地对待每一件事，那么一切混乱，一切争执，一切麻烦，都会迎刃而解。做人也是一样的道理，可是，我们，是不是都能做到呢?认真的力量，真的是无穷的。

德国人的认真

德国人以认真、按部就班而著称。他们强调团队精神,就像德国足球,我们喜欢用"战车"去形容他们。

和德国人打交道,必须按规矩办事,这是一个常识。6 年前,一家五金工具厂从德国进口了一台机床,我的同学担任德国工程师的翻译。因为五金厂的基建设施推迟,设备无法安装调试,德国工程师就到处闲逛,有事没事地往厂房瞧瞧,然后耸耸肩走了。半个月后,基建完工了,机器在德国工程师的指导下安装到位,但德国工程师突然提出要回国了。五金厂的老总十分着急,机器最重要的是调试,现在他怎么可以走呢?

德国工程师告诉老总:"总公司委派他到中国的日程是 20 天,他的工作日已经到了,所以必须回国了。"

同学努力与德国工程师沟通,希望他能留下来,但他说:"造成这一切的不是我。我必须回国,因为我的年休假到了,我的妻子和儿子正在德国等着我回来。"

德国工程师回了德国,他有 3 个月的年休假。五金厂向德国公司投诉,并希望德国公司再派一位工程师前来。但德国公司表示,是五金厂违背了约定,他们不可能再派其他人员前来,唯一的选择只能等着他年休假结束。

我看到这位德国工程师,短小而精干的身材,经常在我同学的陪伴下逛街边的商铺。

对于这位德国工程师,五金厂非议甚多。第二次前来,大家虽然对其客客气气,但心底却是排斥他的。但同学告诉我,那德国人的工作真的让人无可挑剔。

这是我对德国人最初的感受。

今年秋天,我接到任务采访"国家友谊奖"获得者——来自柏林的菲尔特先生。当时心中忐忑不安,我怕这位曾在奥委会担任过高官的先生也会像那位德国工程师一样过于"认真"。

菲尔特先生的翻译告诉我:"30分钟。"翻译看了一下表。我顿时紧张起来。短短30分钟,能问些什么问题呢?我可是要写两个整版的文章啊。

菲尔特先生70多岁的年纪,精神矍铄。我问的第一个问题是关于他在北京接受"国家友谊奖"的情况。菲尔特先生谈了很多。我在心里估算一下,菲尔特先生大约讲了10分钟。

我再提第二个问题,他受聘于中国公司的情况。菲尔特先生微笑着说:"这个问题,我已经多次说过了。"但他还是把自己当年来中国的情况细致地说了。

问第三个问题的时候,翻译看了看表。我知道时间快到了,但我需要的问题菲尔特没有回答,我看看菲尔特先生,仍然目光如炬地看着我,等待我的问题。于是我问第三个问题,然后又是第四个问题……在这一过程中,菲尔特先生在回答问题前,都要夸奖我一下:"这个问题问得好!"

回答完六个问题,翻译站起身来,轻声说:"你违约了,已经是一个半小时了。"

我站起身,对菲尔特先生说:"谢谢。"菲尔特先生的手温暖而又力量,他微笑了一下,但耸了一下肩。

我让翻译转达我超过了约访时间的歉意,菲尔特先生沉吟了一下,咧开嘴,笑,说:"你是客人。"

我觉得这位有过"高官"生涯的德国专家,像一位宽容而善解人意的长者,找不到一丝想象当中的苛刻和固执。

而翻译说:"菲尔特先生有一个原则,他从来不会敷衍任何人。"在我看来,这是菲尔特先生的另一种德国式的"认真"。

德国人的认真,我真的全然领受了。

认真的内涵并不仅仅在于墨守成规,循规蹈矩;认真更是一种对人生价值的看重和对生命的理解、尊重。没有人能不被这个内涵丰富的名词打动,没有人能拒绝这个充满人情人性的形容词。我们需要学习这种看重、理解和尊重的态度,让一切在认真中完成。

高手

竟然是他,所有人的眼睛都睁大成了 O 形,觉得这实在是一件太不可思议的事情了。

神州绝技博览会上展出了一件精品,有人用桃核雕刻成了一条小船,刻的是苏东坡坐船游览赤壁。船从头到尾长大约八厘米多一点儿,高大约两粒黍子。船舱,用煡竹叶做成的船篷覆盖着。旁边开着小窗,左右各有四扇,一共八扇。打开窗户来看,雕刻有花纹的栏杆左右相对。关上窗户,就看到右边刻着"山高月小,水落石出",左边刻着"清风徐来,水波不兴",用石青涂在刻着字的凹处。船头坐着三个人,苏东坡、鲁直和佛印,船尾横放着一支船桨。船桨的左右两边各有一个船工。还有炉子,炉子上面有个壶。所有的一切均栩栩如生,让人叹为观止。

谁是那位巧夺天工的微雕高手?居然把这样一个民族失传的艺术复兴,人们纷纷拥向一位驼背的银须老人。老人说:"别误会,我的专长是盆景。你们要找的是我的儿子。"

在博览会一角人们找到了老人的儿子。随着大家的惊叹声,他往人群这边看了看,这下大家有机会看到他的模样了。

他真的是比《巴黎圣母院》中的卡西莫多好看不了多少,年方十六七,坐在轮椅上,瞎了一只眼,脸是畸形的,只有一只手能动弹。真是他刻的吗?只见他父亲帮他在桌上安好了木座架,夹住了一小块玉,他拿起微型刻刀,眯着眼,三下两下就刻成了一只绿豆大的兔子。

人们轰动起来,问他:"父亲是怎么教你的?"他指着桌上的一小片玉说:

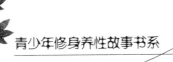

"父亲只告诉了我一句话,我已经把它刻在上面了。"

在放大镜下人们看到了一行秀丽的字:"哪怕是最脆弱的生命,只要把毅力集中在可用的部分,就能创造出奇迹!"

天空到底有多高,要努力伸出手去够一够才能知道;狂风到底有多么强劲,小草要伸直腰试一试才能知道。不管生命多么卑微和脆弱,只要勇敢面对,勇敢尝试,找准目标,用毅力点燃梦想的烟花,生命就会绽放出让我们意想不到的灿烂光芒。

每天学习一点点

费利斯的父亲出生于贫苦农家，只读到五年级，家里就要他退学到工厂做工去了。从此，社会便成了他的学校。他对什么都感兴趣，他阅读一切能够得到的书籍、杂志和报纸。他爱听镇上乡亲们的谈话，以了解人们世世代代居住的这个偏僻小山村以外的世界。父亲非常好学，他对外面的世界充满了向往，他的这种强烈好奇心，不但随同他远渡重洋来到美国，后来还传给了他的家人。他决心要让他的每一个孩子都受到良好的教育。

费利斯的父亲认为，最不能容忍的是我们每天晚上上床时还像早上醒来时一样无知。他常说："需要学习的东西太多了，虽然我们出生时愚昧无知，但只有蠢人才永远这样下去。"

为了避免孩子们堕入自满的陷阱，父亲要孩子们每天必须学一点新的东西，而晚餐时间似乎是他们交换新知识的最佳场合。

这时，父亲的目光会停在孩子们当中一人身上。"费利斯，告诉我你今天学到了些什么。"

"我今天学到的是尼泊尔的人口……"

餐桌上顿时鸦雀无声。

费利斯一向都觉得很奇怪，不论他所说的是什么东西，父亲都不会认为琐碎和乏味。

"尼泊尔的人口。嗯，好。"

接着，父亲看看坐在桌子另一端的母亲。

"孩子的妈，他今天所说的东西你知道吗？"

母亲的回答总是会使严肃的气氛变得轻松、愉快起来。"尼泊尔?"她说,"我不但不知道尼泊尔的人口有多少,我连它在世界上什么地方也不知道啊!"当然,这种回答正中父亲下怀。

"费利斯,"父亲又说,"把地图拿过来,让我们来告诉你妈妈尼泊尔在哪里。"于是,全家人开始在地图上找尼泊尔。

费利斯当时只是个孩子,一点也觉察不出这种教育有什么好处。他只是迫不及待地想跑出屋外,去跟小朋友们一起嬉戏。

如今回想起来,他才明白父亲给他的是一种多么生动有力的教育。在不知不觉之中,他们全家人共同学习,一同成长。

费利斯进大学后不久,便决定以教学为终身事业。在求学时期,他曾追随几位全国最著名的教育家学习。最后,他完成了大学教育,具备了丰富的理论与技能,但令他感到非常有趣的是发现那些教授教他的,正是父亲早就知道的东西——不断学习的价值,每天学习,每天进步。

生命有限,而学海无涯。我们成为怎样的人,决定于我们所学到的东西。每天都努力学点新的东西,这一天才没有白费。

成功源于一点一滴的积累。

每一个人,要想获得成功,从平凡走向卓越,就必须拥有对目标坚持不懈的恒心和强大的意志力。那些伟人们之所以能创造出伟大的事业,凭借的正是持之以恒的毅力。让我们来看一看他们为成功所做出的巨大努力。

马克思整整花费了 40 年的心血,才完成了巨著《资本论》。

伟大的德国文学家歌德创作《浮士德》用了 50 年的时间。

中国古代医药学家李时珍为了写《本草纲目》,跋山涉水 30 年。

著名科学家、气象学家竺可桢坚持每天记录天气情况,记录了 38 年零 37 天,其间没有一天间断,直到他去世前的那一天。

然而,这种持之以恒的毅力不是天生得来的,它需要在日积月累的坚持中慢慢磨炼而成,尤其是对于还不成熟的孩子们,持之以恒更需要在日常生活的许多细节中慢慢培养。要知道,成功不是一朝一夕可以获得的,只有每天向前一步,每天学习一点点,才能逐渐靠近自己的目标。

在学习中解决疑问

大家都知道伟大的富兰克林,但是谁都不会想到他在幼年的时候也不喜欢学习。他有时候拿起书来想看,但是只要外面有伙伴叫他去玩或者街道上发生了什么事情,他就会把书一扔,第一个飞快地跑出去看。

他家里虽然经济条件不是很好,但是父母还是为孩子买了好多有意思的书籍,并把这些书籍放在很显眼的地方。

有一天,小富兰克林跑了进来,对母亲说:"妈妈,你能告诉我埃及金字塔是怎么一回事吗?我一个伙伴在考我。"

母亲就给他讲解起来:"埃及金字塔其实就是埃及法老的坟墓,但是它的样子很是奇特……"

母亲把关于金字塔的各种知识都仔仔细细地告诉了他。

小富兰克林听得很入神,心里想:"哇,原来世界上还有这么有趣的东西啊!我以前怎么不知道呢?"

他对母亲说:"妈妈,你真是太厉害了,怎么什么都知道啊?我希望以后变得像你这么聪明,有着这么渊博的知识。"

"孩子,妈妈不是什么都知道,妈妈知道这些也都是从书上看来的。其实书上的知识很丰富,而且很多都是很有意思的,只要你去看,去发掘,就能变成和妈妈一样懂得这么多,甚至比妈妈懂得还要多。"

"是吗?"小富兰克林更加不解了。

"当然了,妈妈没有去过埃及,本来根本就不知道这个事情,是书籍给了我知识。孩子,刚才你说你希望成为像我这样的人,那么你就要从现在开

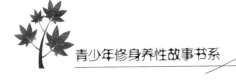

始多多地看书,汲取里面的精华,把它变为自己的东西,这样你就一定会比妈妈厉害。"他母亲继续引导他。

"好的,妈妈,我知道了。以后我一定要好好地看书,把这些知识都学到我的脑子里去。"小富兰克林高兴地回答。

从此,小富兰克林就对书籍有了兴趣,经常拿来书籍翻阅,津津有味地学习里面的内容。他母亲看到这些,心里很是安慰,但是小富兰克林还是有点缺乏自制力,有时会被别的事情分散注意力。

所以他母亲经常在他看书的时候对他说:"孩子,你现在在看书,不要去管别的事情,等你看完了再和小伙伴们玩,好吗?"

"好的,妈妈。我喜欢看书。"小富兰克林大声地回应着。

然后母亲就会把他的玩具放到别的屋子里去,同时把房间的窗户关好。尽量不让别的事情来影响孩子的学习。

就这样,慢慢地,小富兰克林就能够很好地控制自己了。他不会再因外界而受影响,所以才有了后来的辉煌。

人类是怎样起源的? 天空为什么是蓝色的? 为什么会有白昼黑夜的更替? ……我们生活的这个世界非常精彩,有许许多多的奥秘等待着我们去发现,去探索。只有能提出疑问,才会有求知的欲望。小富兰克林的幼年经历告诉我们,只要你有兴趣,热爱学习,并以较强的自制力坚持汲取知识,每一个人都可以在某一领域做出属于自己的成绩。

节俭一生的宰相

范仲淹是北宋有名气的政治家和文学家。他一向生活俭朴,为人正直。

范仲淹有四个儿子,受父亲影响,各个喜文善画,富有才气。一些豪门大户非常羡慕,都想把女儿嫁到范家。庆历三年,范仲淹做了参知政事(副宰相)之后,上门提亲的人更是源源不断。

一天,有个人到他家为他的大儿子提亲,想把女儿嫁到范家。那人原以为宰相家里一定十分豪华,吃的、穿的也一定比一般人家好上几倍。可是进门一看,家里陈设十分简陋,既没有富丽堂皇的家具,也没有华丽漂亮的衣服,吃的是粗茶淡饭,穿的是土布衣衫。但那人心想:范家吃穿这样俭朴,一定有不少积蓄,来日方长,和这样的人家成亲定有后福,再说范家孩子个个身体健壮,为人正派,以后肯定都是大有出息的。想到这里,那提亲的人当即答应将女儿许给范家。

范家的大儿子纯佑准备成亲了。女方心想:范家兄弟们多,家底厚实,结婚时应要点像样的衣物家具。如果结婚时不要,等过了门就不好张口了。而范仲淹呢,他再三向儿子交代:现在国家困难,老百姓也很穷,你结婚时不能添置昂贵的家具和华丽的衣服,一定要和普通人家一样,勤俭办婚事。

不久,范仲淹听说儿媳妇不要什么昂贵的家具和华美的衣服了,但是还要一顶绫罗做的蚊帐。范仲淹听了气愤地说:"我家素来节俭,钱财都用来帮助老百姓了,做什么绫罗帐子!"

后来女方提出,既然范家不肯做这样的帐子,我们家自己做一顶好了。

范仲淹还是没有同意。他说:"勤俭节约是我的家风,也是做人的美德,

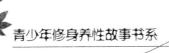

我家是不兴讲排场的。就是她家里带来了绫罗帐子,我也不许她挂,不能乱了我的家法。"

儿媳妇听说身为副宰相的范仲淹处事这样吝啬,担心过门后过窝囊日子,心里不免有些担心和犹豫。不久,却有一件事深深地感动了她。

一次,范仲淹派遣他的大儿子纯佑去苏州买麦子。纯佑将买的麦子装到船上,往家里运,走到丹阳,遇到范仲淹的好友石曼卿。石曼卿非常贫困,连饭也吃不饱。范纯佑随即就把全部麦子给了石曼卿,空着手回到家里。然后,他把事情的经过告诉了父亲范仲淹,父亲对儿子慷慨解囊济贫感到十分满意,连声赞扬:"做得对!做得对!"

儿媳妇听了这个故事,深深地敬佩这父子二人。不久,她一切从简,愉快地嫁到了范家。

千里赴约不失信

我国后汉时有个叫范式的人,他是山阳人,和汝南人张劭是好朋友。两人一同在太学读书,他们的感情很深厚。学成毕业分别时,张劭叹息说:"今日一别,不知何日才能相见啊!"范式对张劭说:"两年后,我会去看望你的。"于是他们共同约好了两年后相见的日子就分别了。

到了两年后的那天,张劭对母亲说:"母亲快准备准备吧!一会儿范式就要来了。"张劭的母亲说:"别傻了,孩子,都是两年前的约定了,再说汝南离山阳这么远,都有千里了,他怎么会来呢?"张劭说:"范式是一个守信的人,他一定不会失约的。"没想到,过了一会儿,范式果然风尘仆仆地来了。他到堂上来拜见张劭的母亲,张劭的母亲在心里感慨:天下真有这么讲信用的朋友。

不久,张劭病倒在床上,同郡人郅君章和殷子徵,每天早晚侍候他,张劭叹道:"我觉得遗憾的是不能在死之前见我的死友一面!"子徵说:"我和君章尽心侍候你,这样都不算是死友吗?还想求谁做你的死友呢?"张劭说:"像你们两位这样的交情,只不过是我的生友罢了!山阳人范式才是我的死友。"不久,张劭就病死了。

真正的男子汉

　　一个父亲把自己的儿子送到拳击学校学习拳击,因为他想让儿子成为世界上最强的男子汉。

　　过了一段时间,父亲很想念自己的儿子,就到拳击学校来看儿子。然而当他走进学校的拳击场时,被看到的一幕吓坏了。他看见拳击师一次又一次地把自己的儿子打倒在地,而儿子必须一次又一次地再站起来。他看着鼻青脸肿的儿子,心里难过极了。

　　他对拳击师说:"我送儿子来这里是想让他变成世界上最强大的人,但是没有想到,在这里,他还是一次又一次被人打倒。我对他非常失望,与其这样,还不如让他跟我回家种地呢!"

　　拳击师听完父亲的话,对他说:"您错了,您根本没有看到您儿子倒下去又站起来的勇气和毅力,打倒别人不难,难的是被别人打倒之后还能坚强地站起来,那才是真正的男子汉!"

信用

有个大富翁乘船渡河,行到中途时,船翻了,他大喊救命。长工听到喊声,划着小船去救他。船还没到,大富翁就大喊:

"快来救我!上了岸我给你一百两金子,我有的是钱。"

长工把他拉上船,送他上岸。但他只给了长工十两金子。长工说:

"刚才你说给我一百两金子,如今才给十两,怎么能说话不算数呢!"

大富翁听了呵斥道:"你不过是个长工!一天才能挣多少钱,现在一下子就赚了十两金子,你还不满足?再多说,连这十两都没有!"

长工无奈地摇摇头走了。不料,过了,一个月,大富翁又乘船渡河,船撞在礁石上翻了,他又落水了。刚好长工在岸边钓鱼,听到大富翁大喊"救命",他就当没听见一样。有人问他:"你为什么不去救他?"

这个长工回答说:"这就是那个没有信用的人。"

听了长工的话,没有一个人去救那个大富翁,最后大富翁被水淹死了。

盗马

巴格达的阿尔马蒙有匹千里马。一个叫奥玛的商人路过巴格达，他看到阿尔马蒙的马，羡慕不已，提出用 10 个金币来换。但阿尔马蒙说，就是有 100 个金币他也不换。奥玛恼羞成怒，决定用诡计把千里马抢到手。

奥玛打探到阿尔马蒙每天独自遛马的路线，就选了一个离城门最远、人迹罕至的地方，乔装成病重的流浪汉，躺在路旁。果然，善良的阿尔马蒙看到有人病倒在野外，赶紧把他扶上千里马，打算带他进城治病。奥玛装作有气无力的样子指了指地上的包袱，阿尔马蒙把他的包袱拾起来系在马背上。奥玛又指了指远处的一根木棍，阿尔马蒙以为那是流浪汉的拐棍，忙转身去捡。奥玛趁机夺过缰绳，纵马往相反的方向奔去。

卫兵和行人都听不到阿尔马蒙的叫声，他跟在马后追了很久，终于跑不动了。奥玛知道奸计得逞，便想奚落奚落阿尔马蒙。他勒住马，得意洋洋地对阿尔马蒙喊："你丢了千里马，连一个铜子儿也没得到，都是因为你太慈悲了。你还有什么要说的？"

"马可以归你，但我有个要求，"阿尔马蒙大声说，"别告诉人们你骗千里马的方法。"

奥玛哈哈大笑说："原来哈里发也怕别人嘲笑！"

"不，"阿尔马蒙喘着粗气回答，"我是担心人们听说这个骗局后，会怀疑昏倒在路边的人都是强盗。说不定哪一天，你我也会染疾倒卧路边。那时，谁来帮助我们呢？"

听了这话，奥玛一声不响地掉转马头，奔回阿尔马蒙身边，含泪求他宽恕自己的罪过。阿尔马蒙不计前嫌，请奥玛回王宫，像贵宾一样招待他，两人结下了深厚的友谊。

奥玛后来成了巴格达历史上最受人爱戴的大法官之一。